No ho sé, digue-m'ho tu

Agnès Busquets

No ho sé, digue-m'ho tu

Navona

Primera edició
Març de 2023

Publicat a Barcelona per Editorial Navona SLU
Navona Editorial és una marca registrada de Suma Llibres SL
Aribau 153, 08036 Barcelona
navonaed.com

Direcció editorial Ernest Folch
Edició Laia Farrés
Disseny gràfic Alex Velasco i Gerard Joan
Maquetació i correcció Moelmo
Paper tripa Oria Ivory
Tipografies Heldane i Studio Feixen Sans
Imatge de coberta Gemma Terol
Distribució a Espanya UDL Libros

ISBN 978-84-19311-40-5
Dipòsit legal B 20895-2022
Impressió Romanyà Valls, Capellades
Imprès a Espanya

A la meva mare, la mama, la mamà.
La Menchu, la Mundeta, la Carme, la M. del Carme.

Perdona por pedirte peras,
no sabía que eras un olmo.

AJO, *Micropoemas 2*

1

Mai no he sabut prendre decisions. Corregeixo. No n'he volgut prendre mai. Suposo que és una de les pors més grans de fer-se adulta. I jo per dins no ho he sigut mai. Suposo que és per això, i per sobreviure entre adults sense que s'adonessin que no era com ells, que he hagut de desenvolupar una gran capacitat de manipulació que ha obligat els altres a decidir per mi sense que se n'adonessin. Brillant, oi? No es neix sent així, però jo vaig tenir la millor mestra. La meva mare. I suposo que devia ser molt dur quan vaig néixer i va haver de decidir per mi. I això que la meva mare té un màster en manipulació i xantatge emocional. Eines imprescindibles per exercir en l'art de fer decidir els altres per tu. En va aprendre de la meva àvia. I no se n'aprèn així com així. Se n'aprèn a base d'hòsties. Hòsties que et van minvant l'autoestima, que et van minvant el criteri, que et van minvant la llibertat de pensar per tu mateixa.

Sempre m'havia jurat i perjurat que no repetiria patrons.

Vaig arribar a creure que canviant la manera (de fer), canviaria el contingut. Però el motlle de les dones de la meva família ja estava massa cuit i no es podia trencar. Dones rendides als prozacs, diazepams i paroxetines vàries. Dones que han sobreviscut d'una manera artificial, sota una pàtina latent de frivolitat, prou com per poder aturar l'impacte de la realitat que t'obliga a triar. Tot i saber que segons què triïs la realitat serà més o menys grisa. I així he anat tirant, carregant a les espatlles dels altres la meva irresponsabilitat i arrossegant la poca dignitat que em queda.

D'aquesta manera va ser com vaig estar a punt d'entrar al món dels grans, dels adults. Només a punt.

Entrar a la clínica abortiva semblava una decisió difícil, però va ser molt fàcil perquè no la vaig prendre jo, sinó que vaig fer creure al Lluís que la preníem tots dos. No volia que se sentís culpable però el volia culpar. En la meva consciència, ell en seria sempre el responsable. El germà dels nens ara mateix tindria onze anys. O germana... No, germà, segur. Aquestes coses les mares les sabem, les ensumem. Ho ensumem tot, de fet. I jo, especialment, sempre m'assabento massa d'hora dels meus embarassos. En total, quatre. Com en diuen, d'allò... Els italians en diuen, ah... ho tinc a la punta de la llengua! *Il crampetto!* L'arrapament, seria? Jo ho noto: la vida que se t'aferra a l'úter uns dies després d'haver follat. Pam! Com un pessic molt endins. Els quatre cops ha estat així. El predictor ha estat només un procediment protocol·lari tot i que, no ens enganyem, fa il·lusió veure com es van dibuixant les dues ratlletes de color rosa.

Mai no he estat capaç de posar-li nom, al germà gran del Max i el Teo. Suposo que el dolor no m'ho ha permès. La cosa va anar així. Soc a la clínica abortiva. A la sala d'espera totes fem la mateixa expressió de por i de vergonya. I tot i així ens jutgem inevitablement i sense sentit. Com si portéssim encara avui una lletra escarlata marcada al front. Entro a la consulta, em fan un test psicotècnic amb un seguit de preguntes capcioses, suposo que amb tota la intenció de fer-me enrere. O això és el que jo voldria pensar. I, finalment, la psicòloga amb ulls de jutge em fa LA PREGUNTA, sense filtres: N'estàs segura? SÍ. Un sí que ressona i comença a fer coure la nafra. Entro en una sala amb tot de canviadors separats només per unes cortinetes. Té, despulla't, si portes joies te les treus, no portes les ungles pintades oi? Perfecte. Et poses la bata cordada per davant, i espera't que ara et vindré a buscar. Uns minuts que s'eternitzen. Soc a temps de dir que no, però la por em paralitza. Sempre ho fa. Entro a quiròfan. Sedació total, no vull ser testimoni del que, per mi i en el fons, ha acabat sent un crim. Les meves pulsacions s'acceleren en el monitor. «Compta fins a deu.» No arribo a quatre. Tot ha anat molt de pressa, com jo volia. Obro els ulls encara estabornida per l'anestèsia. Merda, on soc? Ei, on collons soc?! Ja no hi ha infermeres, estic en un cubicle de parets immaculades. Intento aixecar-me, però m'adono que m'han immobilitzat amb unes corretges. Per què duc un *mono* taronja? A la meva dreta, un vidre, a l'altra banda algú m'observa: és un nen que no conec. Que no arribaré a conèixer. Té la cara borrosa, amb un rostre estàndard. Un home amb uniforme se'l mira, el nen fa que sí. I l'home de l'uniforme activa un polsador. Comença a administrar el verí del gota a gota connectat a la via que abans m'anestesiava. Em moc, crido però la veu no em surt. Ploro! Noto la sensació de la mort. La mort és això. Deu ser això. Sento que s'acaba... tantes coses que no he fet, que no he dit, que no he sentit. El pànic em crema. Crido clemència.

2

El lloc on folles diu molt d'una relació, i nosaltres sempre follàvem als vàters de minusvàlids. I procuràvem no repetir. Ens trobàvem al bar de qualsevol hotel. Preníem una copa o una tònica per fer passar els nervis. Feia mesos que ens vèiem però sempre hi havia el neguit de la primera vegada, malgrat que comencéssim a perdre'n el compte. Quan es tracta d'amants parlem de neguit. I neguit implica culpabilitat. Per mi era la primera infidelitat en tota la seva dimensió. Adulteri en tota regla. Per ell, en canvi, era una rutina més dins el seu matrimoni. Tots dos casats. Cansats. Ell més. Feia més anys que ho estava i que tenia fills. Per tant, ell més.

Ens coneixíem des de la meva vintena i la seva trentena. Des dels meus inicis professionals i els de la seva consagració cada cop més creixent. Jo havia entrat com a *copy* a la seva agència, una de les més potents a escala europea. Se'ns rifaven als festivals i ho guanyàvem tot. Tothom volia treballar amb aquella agència sorgida de la Barcelona postolímpica, la del Fòrum, la de la bombolla immobiliària, la que ja es definia com a marca abans que sabés que la ciutat, en efecte, esdevindria una marca. Acabada de sortir de la facultat, amb Erasmus inclòs a Berlín, bullia de creativitat genuïna, la que no té prejudicis, la pura i sense por. Tenia vint-i-un anys i em pensava que ja ho sabia tot, que ho havia viscut tot i que la meva experiència era precoç i, per tant, més valuosa que la dels altres. Tot allò que em passava pel cap ho deixava anar sense filtres, i el meu cervell bulímic era una joia que ell no va voler deixar escapar.

Que se'm volia follar no ho vaig saber fins al cap de vint anys de conèixer-nos.

Sempre passava de la mateixa manera. Primer ell, sempre ell, s'aixecava per anar al lavabo. Amb això sempre vam ser clàssics i ortodoxos. Jo esperava uns tres minuts, perquè en cap de les trobades vaig ser capaç d'aguantar fins a cinc, i directa a la gola del llop. Mirava a correcuita les portes, buscava el símbol de la cadira de rodes, tossia, i de seguida se sentia el baldó. La porta s'obria, com activada per un sistema automàtic. Érem dos tarats emocionals que mai no vam ser capaços de dir-nos en realitat si allò era el que desitjàvem de debò. La insatisfacció crònica que patíem tots dos justificava el nostre comportament. L'egoisme el disfressàvem d'hedonisme.

Però tornem als lavabos de minusvàlids. Són dos quarts d'onze del matí. He oblidat posar-los l'esmorzar a la motxilla, als bessons. Merda!, merda!, i tres cops merda! Podria aturar-me a la benzinera del costat de l'escola i comprar-los alguna porqueria de brioixeria industrial. Podria, sí, però no ho faig. Se'm fa un nus a la culpabilitat, però l'engoleixo de pressa. Estic acostumada al reflux del remordiment. Encara amb el gust del tallat als llavis, faig cap al pàrquing de l'hotel. Entro, aparco i m'espero uns tres minuts. El voldria fer esperar, però com em costa arribar als cinc! No sé si voldria esperar per fer-lo patir o perquè tinc l'esperança que es cansi de mirar a banda i banda i marxi, i així avui jo pugui anar a dormir sense taques a la consciència. Però no ho aconsegueixo. Un cop més al lloc i a l'hora acordats. *Shame on me!* I això que no he estat mai una persona puntual. No suporto la puntualitat. No perquè no sigui capaç d'exercir-la, que en soc perfectament, sinó perquè m'obliga a un rigor contranatural, contra l'adversitat i contra la improvisació. La impuntualitat desafia el destí. Seràs allà en aquella hora i amb aquella persona? Doncs no! *Fuck you*, destí de merda! Jo et desafio.

Tampoc no suporto la prepuntualitat. Què pretenen els prepuntuals presentant-se als llocs abans que els altres? No els fa ni més responsables ni més madurs ni més compromesos amb res. Ans al contrari. Jo els veig com uns maleducats, que són on han quedat abans expressament per deixar-te en evidència. Et veuen com arribes, acceleres el teu pas insegur de lluny, i això et col·loca en un clar desavantatge que ells, estàtics, amb la mirada clavada en tu, albiren des de la distància mentre estudien tots els teus moviments, la teva indumentària. La seva prepuntualitat els fa creure que has arribat molt tard, massa tard. I a mi no m'agrada que em mirin quan camino. Em fa sentir ridícula. Igual que no m'agrada sentir-me la veu gravada ni veure'm l'esquena reflectida en un emprovador del Women'secret. Em fa sentir massa vulnerable. M'obliga a inventar un caminar artificiós.

La impuntualitat, en canvi, és *cool*, és elegant. Et fa semblar una persona ocupada, amb responsabilitats. Important. Ostres, ho sento, és que vinc de... és que havia de... tenia pendent... En canvi, el prepuntual queda sempre com un perdedor que no sap en què ocupar el seu temps de merda. És per això que arriba abans d'hora, perquè l'ansietat del buit de no fer res el devora. La prepuntualitat és una fugida i prou.

Sento el pip-pip del comandament del seu cotxe perquè vaig aprendre a diferenciar els pip-pips dels

Volvos. I reacciono com un ratolí de laboratori. És sentir-lo i que automàticament se m'acceleri el pols, els mugrons se m'endureixin i el baix ventre em bategui fins a humitejar-se. El cos se'm prepara massa ràpid, abans i tot que el meu cervell pugui replantejar-se cap acció. Surto del cotxe. Surt del cotxe. Ens albirem en la distància però fem com si res. Vam aprendre a contenir-nos en els pàrquings per les càmeres de seguretat. Entrem a l'ascensor. Les portes es van tancant. La seva mà remena maldestre sota la meva gavardina que només em poso quan plou i els dies com aquest. Perdó! Un peu s'interposa entre les portes. Però sembla que una dona de setanta anys amb excés de Chanel Nº 5 barrejat amb pólvores de Myrurgia no suposa cap motiu de pudor per una mà que se m'ha instal·lat al sexe. Tres pisos ens separen de la recepció, i jo al segon ja m'he escorregut en silenci. Sortim de l'ascensor. Bon dia! Bon dia, bon dia...

—Vaig a rentar-me les mans. Espera'm al bar si vols. O si pots.

Sap perfectament que no podré. Que en menys de tres minuts i mitja tònica ja estaré buscant la porta dels lavabos de minusvàlids. I això que la prepuntualitat em sembla insuportable!

L'habitació on som fa olor de poca personalitat; els llençols són nets, però no puc evitar pensar en els cossos i cossos que hi han suat. De seguida, per sort, queden impregnats pel perfum que em transporta directament a la primera entrevista que em va fer al seu despatx. Una olor que el primer dia em va semblar exagerada, obstinada en el cos d'un home, i que ara se m'ha clavat al desig. Fins i tot quan ho deixem, aquesta flaire romandrà enclaustrada brutalment claustrofòbica en l'arxiu d'olors dels meus records.

—Demana un desig.

—Va, no, això no...

—No, va, de veritat. Demana un desig. Tens una llàntia i un geni que et concedeix un desig.

—Són tres.

—Doncs la màquina aquella de Connie Island que et concedeix un desig en un cromo vintage.

—De veritat? Ets un monyes! —li etzibo tot i que el referent m'encanta. Però és que dir-li trunyo i monyes era una cosa que m'encantava. Ningú del nostre entorn s'hi atrevia. Però amb mi s'estovava. El meu sexe l'estovava.

—Un desig... l'únic, eh?

—L'únic.

—Doncs demano... espera... Collons, m'hauria

estimat més poder demanar tres coses per anar a una illa deserta.

—Tranquil·la, tot arribarà.

—Monyes... —I s'estova encara més—. Ja està. Li demanaria veure'm amb la mirada dels altres. Amb la teva mirada. No la d'ell, sinó la teva, tu que ets ara i aquí. Una de les coses que odio de l'educació que vaig rebre és mirar la gent amb tots els prejudicis del món. A casa això era constant. Radiografiàvem tothom, érem com aranyes que esmicolen a poc a poc la seva víctima, que no sap que està atrapada en una teranyina enganxosa perquè no té consciència de ser ni d'estar. Només de viure i punt. I tu ho pots fer amb mi, si vols. M'ho mereixo. I probablement jo ja ho dec haver fet amb tu. També he de dir que, dins de la mesquinesa de pressuposar a altri, hi ha una cosa bona. Sempre et sorprenen. Perquè quan s'aturen i m'agafen desprevinguda, em desmunten el plànol que havia dibuixat d'ells. I m'encanta quan passa, m'encanta perquè després em sento culpable de ser com soc. Forma part de mi ser masoquista i autodestructiva. Soc una merda. I tant de bo fos home per dir soc un merda. És més contundent.

—Amb la mirada dels altres? De veritat? Tant mal et vols?

—Venint de tu és tot un afalac...

—Perdona, no vull dir que...

—Sé perfectament què en penses, de mi.

—Ah, sí? De veritat? Va, doncs! Mira't amb els meus ulls!

Crec que sempre has pensat que en el fons no he estat mai a l'alçada, ni professionalment, ni intel·lectualment, ni creativament. Però que era el teu trofeu més anhelat i això em va salvar, i fins i tot em va fer progressar a l'agència. Com més passava el temps i menys m'adonava jo de res, més ganes tenies de tenir-me. Anava veient com passaven per les teves mans altres premis de consolació. Pobres, pensava jo, innocent de mi. Quan en realitat la que estava allà, esperant l'estocada final, era jo. I no ho veia! Perquè, com bé saps, soc curta de gambals. Tot i aquest posat naïf davant de la vida, amb aquesta fingida seguretat de la nena que sap que no caurà mai de l'arbre on s'ha enfilat. No em valoro prou, i no ho faig perquè no hi ha res a valorar. I ara que te'm folles, t'avorreixo. I em fas preguntes de merda per fer veure que t'importo, que t'interesso.

—Va, digues, mira't amb els meus ulls!

—No, no tinc cap targeta de la bruixa vintage.

—Vols que anem a Nova York? Li dic a l'Adela —l'Adela és la seva fidel secretària i no, no ha estat mai cap trofeu— que pel rodatge de Coca-Cola a Tòquio hi hem de fer escala. Ja m'invento una reunió. Podríem fer nit a Gramercy Park... Tinc pendent un *meet* amb els de la Coca-Cola... Ostres, ja són les...? Me n'he d'anar. Ei, avui no m'he adormit, eh!

I em fa un petó a la galta i un copet a l'espatlla nua. La pell, reactiva, de seguida em queda marcada.

Tinc la sensació de ser una metàfora amb potes.

Marxa de l'habitació. Perquè marxem per separat, és clar. Un cop, per un descuit del recepcionista, gairebé coincidim a l'ascensor amb qui va ser el director de la tele pública a la darrera legislatura. Ho sé perquè quan sortíem vam veure com entrava la que tothom «ja sabia». La Gisela Torné. Advocada vint anys més jove que ell, coneguda per la seva afinitat al partit de l'oposició, una casualitat que va ser molt llaminera per als safarejos de la *nouvelle gauche* barcelonina. Però no prou coneguda per la seva important tasca com a matrimonialista: si et volies divorciar i plomar l'altre i aconseguir una bona custòdia compartida, ella era la persona a qui havies de recórrer.

Al pàrquing encara n'ensumo el rastre, i l'hora que hem passat amb el canal porno que tenen posat a l'habitació. Hem hagut de follar amb allò de fons. I això que odio el porno. M'encanta el sexe, però odio el porno. No en soc una experta, però estic segura que si no veiéssim porno seríem molt més lliures a l'hora de fer sexe. I no ho dic pels estereotips heteropatriarcals i masclistes del porno estàndard, sinó per la pàtina de vulgaritat i de frivolitat. El sexe, sigui amb qui sigui, i encara que sigui amb un desconegut o una desconeguda, és una entrega molt bèstia. Sense miraments, existeix un contracte no verbal, el compromís de donar-ho tot, d'entregar-te tot. Sense concessions. I el porno, tot això s'ho ha carregat. Com un llibre dolent.

Surto de l'hotel i penso que si m'hagués de definir em definiria com una estafa. M'ha costat anys, entendre-ho. Però, un cop ho he descobert, visc molt més tranquil·la. I suposo que és per això que soc creativa publicitària. Sempre ho he fet molt bé, això de vendre: venent-me a mi i venent els altres. I quan dic venent, vull dir enganyant des del lloc més estrictament capitalista. A casa, de petita, em van ensenyar que no s'havien de dir mentides, i jo, per tocar-los els collons, vaig decidir guanyar-m'hi la vida. Curiosa hipocresia, no podíem dir mentides però sí manipular i fer xantatge emocional. El que calia i més. Després *ora pro nobis* i amén i santes pasqües *ego te absolvo*.

Soc bona enganyant la gent. I quan dic gent, m'hi incloc a mi mateixa. Vull dir, que jo mai no he volgut que l'Antàrtida es desgeli; m'agraden els ossos polars, i els pingüins, i les orques. Però també m'agrada el meu àtic de dos-cents metres quadrats que vaig acabar de pagar gràcies a Repsol i Volkswagen i l'escola concertada dels meus fills plena de pares i mares *freelance* neoliberals que pago gràcies a les campanyes anuals que fa la Generalitat per incentivar l'ensenyament públic. No vull dir que no sigui empàtica. En soc molt. Crec que, si no, no sentiria culpa. Però costa tant, ser íntegra.

3

Sempre he pensat que la vida dels meus avis de part de pare no havia estat una bona equació. Algun error quàntic va fer que es creuessin les parelles equivocades, si hem de pensar en termes darwinians i en una correcta supervivència de l'espècie. Els meus iaios eren gent de pagès i de postguerra. Ell, perseguit per falangista en un poble on volien la llibertat, va haver de viure amagat en una cova i lluny dels seus. Un altre pagès amb poca informació i enganyat per les promeses del règim, o per la por. Així que no va veure com la seva filla gran aprenia a llegir i el del mig feia els primers passos. De tot allò, però, en va sortir una dona forta, la meva iaia, amb les mans i els dits plens de nusos per l'artritis, que no impedia que fos la millor cuinera, la jardinera dels rosers més esplèndids del seu carrer, i la millor àvia. Sorda d'una orella per culpa d'un refotut petard de Sant Joan, cridava quan reia i quan no. Feia olor d'espígol barrejat amb lleixiu, raves i all. Cuidava els canaris a les golfes amb el terra ple d'avellanes que es feien al mas, i que el meu iaio, que vivia enfonsat en la seva butaca orellera i en la seva tristor, ja havia deixat de collir. Ni malenconia ni depressió. Era pura tristor. Uns ulls que s'anaven empetitint engolits per uns records massa dolorosos que acabarien esvaint-se gràcies a una demència que el convertiria en un home que, com l'àvia, cridaria massa i que acabaria els seus dies en una residència per a gent que ja ho ha oblidat tot.

Els avis materns, l'avi i la baba, a diferència dels iaios, vivien en la sofisticació. Ell era una de les figures més respectades de la ciutat, un personatge que gaudia dels privilegis de la popularitat, un actor famós pels seus Tenorio i Manelic i que va acabar bolcant la seva vocació a la ràdio. Premis Ondas, Creus de Sant Jordi i, el que més il·lusió em va fer a mi, un Guinness per permanència ininterrompuda durant cinquanta anys en antena al capdavant d'un programa benèfic en benefici d'un sanatori de leprosos entre altres causes dignes de Robin Hood. Com era el que deia? *Pedir sin molestar para dar sin ofender*. I després, quan ja va poder, *demanar sense molestar per donar sense ofendre*. Sempre va ser el meu heroi i jo la seva neta favorita. Tots dos ho sabíem. Un burgès que s'havia fet a si mateix, que moriria víctima d'un càncer de gola —que puta que és la vida!— amb una mà al davant i una altra al darrere, i alguna obra d'art i espècies variades fruit de les seves habilitats socials i generositat vocacional. Havia construït una gàbia d'or per a una dona que va deixar la barreteria de la família per viure amb el marit i la sogra. Ella criaria els fills de la parella, perquè la baba estava massa deprimida sabent que ella era l'esposa però que a fora hi havia —i hi hauria— *queridas*. Així va ser com va començar l'aprenentatge autodidacta de la manipulació i el xantatge emocional, que heretaria primer la meva mare i més tard jo. La baba també va morir en una butaca orellera bellugant un peu al ritme d'un dos per tres incansable. La poca energia que tenia se li escolava així. Feia olor de cabell greixós i de talc, tenia la pell transparent i molt blanca i els ulls cada cop més petits. Prova empírica que la tristor encongeix els ulls.

Imagina què hauria passat si les parelles s'haguessin creuat! Sempre m'ho he preguntat.

4

Obro la safata d'entrada, com cada matí. Un gest aparentment innocu. Amb la son encara enganxada als ulls i nedant en el cafè, lenta de reflexos, un bot al cor. A la línia de sortida hi llegeixo, escrit en negreta, el nom d'aquell que en majúscules em va escapçar el cor i esquinçar l'ànima, i a la vegada amb qui vaig començar a estimar com mai i de la manera que després he intentat reproduir sempre més, maldestra.

Ens hem trobat algunes vegades pel carrer, l'infortuni va fer que la mare del seu fill s'instal·lés al nostre carrer. Jugant a la normalitat moderna fins i tot havíem fet un intent d'iniciar una nova manera de relacionar-nos amb les nostres noves parelles. Un desastre dissimulat que no es va tornar a produir.

Les trobades casuals han suposat sempre un sotrac petit en el record. Somriures inevitables als ulls, cares enrojolades, rialles fora de to. El com estàs, tu bé? Jo també (jo també? No ho sé, em moro per explicar-t'ho però ja no toca). Doncs res, fins... bé, adeu! Per cert, vaig veure la nova campanya que vas fer del cotxe aquell (en sap perfectament la marca, però sempre ha fet veure que no en sabia, de banalitats). I bé? Riem i ens fonem en una abraçada com la que es fan els vells amics en les pel·lícules americanes. Sempre hem necessitat contacte físic. Ensumar-nos ni que sigui uns segons més per última vegada fins a la propera.

Un clinc al mòbil em torna a la realitat, a la veritat, la que fa mal. La cangur em bufeteja dient que ho sento, ho sento, ho sento, però m'han canviat un assaig i és superimportant, i que no podrà anar a buscar els nens al col·le. Si no fos perquè és com una mena de tieta atrapada en un cos de divuit anys, ja l'hauria engegat. Coi d'aspirants a actrius...

Passo de la pantalla de l'iPhone a la del portàtil. Meravellosa sensació, la de tornar a llegir el seu nom. En el motiu del correu hi posa «no ho sé, digue-m'ho tu...». El joc recomença. Sempre ha sabut com llençar l'ham, i jo he picat sempre amb una gran abnegació. Començo a llegir amb el dringar de la cullera contra la ceràmica de la tassa de fons. Veig tres paràgrafs llarguíssims. Un regal per als meus ulls. Un sospir m'omple els pulmons. El meu entorn es congela, com el de Keanu Reeves a *Matrix*. Com aquella gota enmig del paisatge en aquell anunci de perfum. Ingràvida enmig del caos. Jo, ingràvida.

Van ser gairebé set anys de sacsejades constants. Teníem vint anys i tot era incandescent, el nostre sexe, les nostres rialles, els meus plors i la seva indiferència envers les meves llàgrimes. Tan egoista va ser no volent estimar-me de la manera que jo volia com generós obrint-me la porta de la seva vida, casa seva, la seva intimitat, la seva família, de tot, menys d'ell. A mi em semblava que aquest tot m'hi conduiria directa, però no va ser així, mai. Set anys compartint-lo a desgrat amb les altres «jo» que anaven passant per davant meu, descaradament i cruelment.

Vaig anar fent la pell dura, crostes a l'ànima que s'omplien de pus. Tot i així, jo em vaig fer resistent i immune a aquell patiment. A còpia de cops.

M'explica que han venut la casa del poble. Un poble al costat de la petroquímica, amb poc més que quatre carrers mal endreçats i una església discreta, com la resta del seu entorn.

M'escriu el dia després d'haver anat a recollir les quatre rampoines, mobles o records que volia conservar abans d'entregar la casa a la nova família que l'habitarà. Un arquitecte amb quatre fills, un d'acabat de néixer, que la vol reformar a poc a poc. Això el reconforta. És la casa dels seus estiuejos, dels que no passava a Formentera. És la casa de la seva família durant generacions que ell i tan sols ell sap comptar. És la casa que tants cops va ser refugi del nostre amor acarnissat. I del de totes les altres.

Aixeco de nou la vista, bua! Quin sotrac, respiro. Veig la meva imatge reflectida al televisor de davant del sofà. Una imatge que no es correspon amb la del temps que tot seguit rememorem digitalment en uns llimbs internautes. De nou afloren tot de sensacions que estaven estabornides. Jo les havia cregut mortes, però només estaven en un coma del qual m'he despertat de cop. Diu que, entre documents, postals, recordatoris de comunions anònimes als seus ulls, de targetes de visites de negocis ja inexistents, enmig de tanta paperassa caducada, ha trobat una foto meva. La recordo perfectament. Jo vint anys enrere amb un nadó a la falda. Com una *madonna* desflorada. Un Caravaggio 2.0. Enmig de tot allò inert al seu record, jo. Com en una trampa d'aranya, ha caigut atrapat, envaït per la nostàlgia. S'ha destapat la capsa de Pandora, i han espetegat tot de records que no sabia ni que eren dins seu. Com un Peta Zeta en el cervell. Jo també el noto, el Peta Zeta. I quin plaer la nostàlgia, és com un sospir llarg i guaridor. M'hi vull instal·lar, no marxis mai, mercromina per als records.

Em rememora tot de moments que he reproduït en somnis tots aquests anys en què mai no ha marxat de mi. Em parla de la llar de foc, de nits d'estiu sota una bombeta i olor de petroquímica i gorgonzola, d'aquella habitació amb sostre infinit i un mirall antic a la capçalera i a l'armari, reflex de múltiples orgasmes i sexe desvergonyit i sense complexos. De riures, de plors. De sexe reconciliador. De discussions i més sexe reconciliador. Les llargues xerrades telefòniques durant el meu Erasmus berlinès, fugida inútil del seu magnetisme tirànic.

Vaig parar d'estimar-lo per pura supervivència, i dic parar, no deixar. Però aleshores no ho sabia. Havia premut el *pause* pensant que havia premut l'*stop*. I tot just ara me n'he adonat. Tenia el desig en hibernació i aquest correu ha fet començar el desgel.

Diu que també ha trobat el llibre de Milan Kundera que li vaig regalar. *La insostenible lleugeresa del ser*. En la dedicatòria, escrita a llapis, potser amb l'esperança de poder ser esborrada i oblidada: «Riure en la lleugeresa o plorar en la feixuguesa, no ho sé, digue-m'ho tu».

Li respondré que sí, que era una pregunta que no va tenir mai resposta. Que efectivament eren les dues opcions que teníem davant nostre de com viure la nostra història. Però, com ja saps, no sé ni vull decidir. Per tant, em vaig deixar endur fins que el combustible es va esgotar per pura desídia. Li agraeixo totes aquelles paraules que han arribat vint anys massa tard, però que han arribat. M'han reconfortat i m'hi han reconciliat. Amago el que em bull per dins, no li dic que ara mateix correria al seu portal massa a l'abast. Que picaria a l'intèrfon i em despullaria a l'ascensor. Que entraria al rebedor com una santa. Màrtir condemnada al patiment que tant em va enganxar.

Ens vam conèixer a Berlín. Ell hi havia anat amb unes amigues que hi feien una exposició. Estudiaven Belles Arts. També eren amigues meves, i jo volia aprofitar l'ocasió per temptejar el terreny perquè hi volia anar d'Erasmus. Em van venir a buscar a l'aeroport. La Laura i la Ruth m'albiraven des del cotxe al pàrquing de la terminal d'arribades amb un somriure d'orella a orella. Al seu costat, un acompanyant inesperat. No m'ho havien dit, que seríem quatre. Ens estàvem al pis d'una amiga de la cosina de la Laura que hi va anar becada per la UPC i es treia un sobresou fent de taquillera al museu del Checkpoint Charlie. Creia que era una escapada romàntica d'elles dues. Sota la coartada d'anar a fer l'expo de la Ruth a ulls dels seus pares, que la imaginaven acompanyada d'un noviet de la facultat. Per un moment em va tranquil·litzar saber que no aguantaria jo sola l'espelma, ni els crits d'orgasmes clitorians a l'habitació del costat de la cuina-menjador mentre preparàvem la pasta pel dinar i fèiem com si res.

A Berlín, al juliol hi ha moltes abelles. Pensava trobar molt frankfurt i xucrut entre tòpics remullats amb cervesa, però... abelles? Diuen que els atrau el color groc i la dolçor. Però aquell vespre a Kreuzberg no era precisament dolçor el que es respirava. La Laura i la Ruth havien anat a una botiga de segona mà.

—Vens? Hi ha coses molt d'abans, aquí en diuen vintage. T'encantarà.

Però vaig preferir quedar-me amb ell. Desprenia una acidesa que havia de tastar.

—Feu feu, que em sap greu deixar l'Eloi aquí penjat.

—A mi no em deixes penjat, per mi tu mateixa, eh —amb un deix de desinterès tan real que va fer que em quedés enganxada a la cadira.

—No, així aprofito per trucar a la meva mare des de la cabina del bar.

—Has de trucar a la teva mare? Pff...

—Sí, pateix molt quan volo. Li fan por els avions.

—És clar, ara podries estar morta i esclafada per l'ala de l'avió als Pirineus.

Tot i que em va semblar una broma mediocre vaig deixar anar un riure de compromís, que en el fons era un riure nerviós.

—Eh... Vaig a trucar. —I vaig saltar de la cadira. Va ser el primer cop dels molts que em va deixar amb la paraula a la boca, sense saber com reaccionar. Només amb una pseudo-rialla idiota. Li hauria etzibat qualsevol ironia, però des del minut zero va exercir un poder sobre mi que anul·lava tota raó i enginy. Parlar-hi, discutir-hi, era entrar en un combat dialèctic amb un contrincant superdotat i dopat per superar dues maratons seguides amb èxit.

—Què, ja està tranquil·la la teva mare?

—Eh? Sí, sí...

—Em deixes la targeta per fer una trucada?

—A la teva mare?

—A la meva nòvia.

—Que pateix, també?

—Patir? Per què? No té per què patir. T'he demanat una birra.

Allà vaig saber que m'hi quedaria atrapada molt temps.

5

Quan era petita, dibuixava mugrons a les meves Barbies i pèls púbics a l'Skipper, la que se suposava que era la seva neboda o cosina petita o ves a saber què. La que en el futur, quan a la Barbie li haguessin caigut els implants de silicona i li hagués caducat la liposucció, s'acabaria follant el Ken, a qui també li vaig acabar dibuixant penis. Suposo que el del meu pare, l'únic que havia vist fins aleshores. Mentre jo em rentava les dents al matí i ell s'afaitava. Sempre el vaig trobar horrorós, desagradable. Tanta bellesa en les Barbies i en canvi... Suposo que per això els de Mattel no van tenir pebrots de fer-li una bona polla al Ken, no per una qüestió de protecció de la infància, sinó per una qüestió de bon gust. Gràcies a ells vaig perdre la virginitat als nou anys, conceptualment, és clar. Els feia follar a tort i a dret. M'avergonyia però m'estimulava. Em tancava a la meva habitació i m'inventava viatges i cites, i tot passava a Miami, crec que perquè la primera Barbie que vaig tenir devia ser la Barbie Beach, que tenia la marca del biquini a dalt i a baix. I sota la meva custòdia, uns bons mugrons. Després, tot el que assajava amb ells ho posava en pràctica amb una amiga, un any més petita que jo i amb qui vaig començar a exercir els primers actes de manipulació. Inconscients. Però de manipulació al cap i a la fi. Jo sempre era l'home, jo sempre duia uns mitjons sobre el pubis. Sempre recorríem als clàssics, jo era metge i ella era la pacient. Ens estimulava el risc de ser descobertes. Ens fèiem petons amb un mocador entre les boques. No sé si per higiene o pel pudor o la vergonya. Ella no hi volia jugar mai, però jo sempre acabava derivant el joc innocent cap a les primeres trobades sexuals. I lèsbiques? No en vaig tenir mai cap, de company de jocs mascle. No sé si li hauria fet fer el mateix. I això m'ha mantingut molts anys en uns llimbs de dubtes.

Tot i tenir Barbies, sempre m'han agradat els pits petits. Potser precisament per això, perquè els trobo més reals, i més andrògins. Això potser m'indulta. Tenir somnis on acaricies pits petits i penetres dolçament mentre orgasmes des de dins et fa ser lesbiana? Desitjar et fa ser? L'hàbit fa el monjo? *Por un perro que maté*, bé, *que quiero matar, ¿seré mataperros?* Envejo les noies de vint anys que defugen, o simplement obvien, o ignoren, les etiquetes. Les aniquilen i esdevenen inexistents al seu ésser. Jo les necessito per sobreviure. Per amagar-me, de mi i dels altres.

6

De petita em deien ets una egoista, ets una desendreçada, ets una despistada, ets intel·ligent però mandrosa. Ets poc menjadora, ets prima, ets prou alta per la teva edat però massa prima. Ets divertida, ets bromista, ets simpàtica, ets riallera, seràs enginyera? Però no ballarina, ni pianista, ni gimnasta, ni veterinària, ni actriu, ni hostessa de vol, ni escultora, ni dissenyadora gràfica, perquè ets una tastaolletes. Ets com la teva mare, ets cagada a ton pare. Però els gestos, la veu, la mirada, la tristesa, ets com la teva mare. Cada cop menys ton pare i més ta mare. Ets la germana petita, ets una aviciada, una consentida. Ets la nineta dels ulls de l'avi, seràs com l'àvia? Esperem que no. Com la iaia sí. Seràs com l'àvia. Ets una Brufau, amb u, no amb o. Ets esquifida, ets una *nena parche*, ets poruga, ets valenta, ets massa moguda, ets nerviosa, ets capciosa, ets tossuda, ets una merda, ets lletgeta, ets poc nena, ets un xicotot, ets menys guapa que ta germana, ets l'aneguet lleig. Ets una *cuatro ojos*. Ets llaminera, ets malaltissa, asmàtica, al·lèrgica, delicada, imaginativa, somniadora i somiatruites. No ets galàctica, però t'agradaria. Ets inquieta, ets curiosa. Per dins ets preciosa, però ets incrèdula i malfiada. Ets victimista. Ets mentidera. No! No ho soc! N'aprendràs. Seràs mentidera i manipuladora.

Què és això?

Ja ho sabràs.

7

El dia que vaig tenir els meus fills va ser quan vaig connectar amb la mort. I quan dic la mort, parlo del sentit estricte de la vida. De la mort com a connexió amb la vida. La mort com a motor. La por de perdre la vida com a combustible. Fins aquell moment mai no havia sentit res per la mort. Em commovia, sí, però no m'entristia. Mai no n'havia plorat cap, de mort. Era impermeable a les defuncions. Havia perdut avis, amics en accident de cotxe i un en accident amb arma de foc. Es va disparar un tret davant del seu millor amic jugant amb la pistola del seu pare mort de càncer feia poc. Per què un notari guarda una pistola al calaix del seu escriptori? No va ser un suïcidi, va ser una desencertada idea d'adolescent. A classe tothom plorava, hi havia ploracossos exagerades amb afany exhibicionista. Hi havia qui es volia fer l'home, els homes no ploren, diuen, però no se'n sortien. Jo m'avergonyia de no plorar, em sentia culpable, jo m'estimava el meu amic. Els altres m'assenyalaven, menyspreables, amb les llàgrimes als ulls, em prenien per una psicòpata insensible. Ni l'explicació de la mestra pel que fa a les diferents reaccions davant d'una situació traumàtica com aquella no em va poder parapetar a ulls dels meus companys. El dia del funeral, al cap de dos dies, vaig posar-me Vicks VapoRub als ulls, i allò em va salvar la reputació.

Però el dia que van néixer els meus fills vaig plorar d'alegria i per tots els morts que no havia plorat. Se'm va obrir una esquerda a l'ànima, una fuga irreparable que em va connectar suposo que amb l'amor més pur, i alhora amb allò més salvatgement animal, l'instint de supervivència. I per sobreviure has de témer la mort.

8

M'he passat la vida volent ser allò que eren els altres, allò que jo no era, mirant cap enfora, menyspreant-me per dins. Llaurant la meva insatisfacció crònica i destruint la meva autoestima des de ben petita. Aquella amb què tots naixem per defecte i fa que tot ho fem amb la seguretat i convicció d'un emperador romà. Als tres anys volia ser rossa rinxolada com la dels Ángeles de Charlie en comptes de morena llisa. Volia els amics de les meves amigues, la millor amiga de la meva millor amiga, volia les seves vambes, volia els seus pares divorciats en comptes de la meva família inamovible, insípida i tradicional. Volia tocar el piano com la del pupitre del costat, volia el seu pupitre, i el seu entrepà de pa estrany integral. Volia ser negra i fibrada. Ser fumadora, i ser la puta de la classe. Suspendre per culpa de passar massa hores morrejant-nos amb el nòvio, que no tindria fins molts anys més tard perquè la meva germana em deia que seria puta si em deixava magrejar massa. Volia medicar-me per haver passat una anorèxia i posterior depressió, o a l'inrevés. Volia sentir-me important, ser diferent. Però la meva normalitat era implacable, impecable i impermeable. Per això vaig començar a mentir. A mi mateixa la primera. De fet, ho havia estat fent tota la vida, negant el meu jo. Em perdia massa en els altres per poder prestar-me atenció a mi mateixa, malgastant el temps a voler ser els altres, amb l'enveja com a credo i la mentida com a antídot. I tot això s'ha anat incrementant proporcionalment a l'edat, l'estatus, l'experiència. He passat de voler les vambes de la meva amiga, a voler follar-me el seu marit, i així per uns moments sentir una falsa autenticitat.

I per no culpar-me a mi, l'única responsable de tot plegat, li passo la responsabilitat a la meva mare. Al seu xantatge emocional, al si fas això, si ets així t'estimaré més i seràs més bonica, i la mare estarà molt contenta. I no em faràs patir. Perquè patir em fa mal, i de patir no en sé ni en vull aprendre, encara que et digui que sempre pateixo. Maternitat i patiment són una mateixa paraula. I en el fons feia el que fan totes les mares, emmotllar-te a imatge seva, malgrat creguin que et donen llibertat. La llibertat d'escollir entre les seves opcions, no d'altres. I ho fan per protegir-te, per por. Perquè les altres opcions les desconeixen i l'amor immens que senten per tu fa que sense voler et tanquin en aquella gàbia, dissenyada per elles a imatge seva. Però per sort tu vas provant, encara que sigui de manera equivocada i et facis un embolic i la tria no sigui la bona. Proves i proves, sense establir-te en res i acabes vivint en l'heterogeneïtat.

Amb el Lluís ens vam conèixer a la facultat, tot i que no va ser fins al cap d'uns anys que, com diria la meva àvia, vam començar a festejar. Si la dona sabés que va ser a la pausa d'un *briefing* que fèiem amb uns clients d'una campanya de sopes a les escales de la sortida d'emergència... El Lluís que fumava. Fuma encara, que jo sàpiga. Va anar a fora a fumar, li vaig demanar un cigarret i, va ser un minut, un minut i prou i ja el tenia abaixant-me els *leotardos* gris merengue i arrencant-me les calces amb les dents. Com vam riure. Els nervis, l'excitació, el morbo buscat, i saber que en tornar hauríem de fer un tast de sopes de sobre amb una colla d'executius més grisos que els meus leotards.

El Lluís em va salvar de l'Eloi. Va ser l'únic que em va poder desintoxicar de la meva addicció, abducció, d'aquells set anys i mig de poliamor forçat. Quan va arribar a l'oficina, va ser com veure la caràtula d'*Autopista hacia el cielo*. El meu àngel salvador era allà, havia arribat per fulminar el meu particular

Satanàs a cop de grenyes i ulls verds nostàlgia, i amb un somriure irresistible. Va entrar poc més tard que jo. De fet, el meu cap —sí, el dels lavabos de minusvàlids— em va demanar consell sobre uns currículums i jo vaig apostar per ell. Sempre li havia vist un no-sé-què, a part del seu CV per emmarcar. Al bar de la facultat, quan ell hi era, s'acabava transformant en una mena de *stand-up comedy grunge*. Sempre tenia un seguici d'abnegats que li reien els acudits. I amb raó. El Lluís és un dels tios més graciosos que he conegut. Me n'alegro de no haver-li tirat la canya abans. El Lluís va arribar a la meva vida en el moment just. Llàstima que marxés en el pitjor.

L'Eloi m'acabava de demanar el meu úter, tal qual, amb aquestes paraules. El seu germà acabava de ser pare, i com si es tractés de voler el mateix tren de joguina, va i m'etziba, em deixaries el teu úter? Deixa que m'ho pensi. No vaig ser capaç de dir el *com?!, què?!, t'has begut l'enteniment?!* Per mi, aquelles paraules eren les més semblants al t'estimo que mai no m'havia dit en set anys i mig de relació. Vol el meu úter? Vol dir que em considera prou vàlida, prou a la seva alçada. I m'ho ha demanat a mi. Un lligam per a tota la vida. El meu príncep blau de segona, tercera i quarta mà. El sacerdot m'ha triat a mi per al sacrifici! *Hosanna! Oh happy day! Oh lord!* I jo, ulls clucs cap a la foguera. Jo, l'escollida entre les nimfes que l'idolatraven. Em vaig aixecar del llit, em vaig vestir i me'n vaig anar cap a l'agència.

—Avui comença el Lluís Cardoné, te'l confio, ets l'amfitriona perfecta.

M'havia enganxat a l'Eloi per pura contradicció. Diuen que ens atrau allò oposat a nosaltres, per buscar un complement, un equilibri, o per simple frustració. Volem tenir a l'abast allò que desitjaríem ser i que no hem aconseguit mai. I el més semblant a tenir-ho és posseir-ho en format desig. Saber que atraus algú que és el que a tu et manca. I a mi em mancava ser l'Eloi. Dèspota. Obstinat. Superb. Cínic. Ocurrent. Auster. Complicat a polièdrics. Burgès amb aires de Formentera, hereu d'esquitxos de la *gauche divine*. Ofensivament sincer. El teu patiment no m'afecta, em va dir un dia mentre jo li suplicava que em deixés, que ja no podia gestionar el fet de compartir el seu desig amb altri.

Quan ens vam conèixer a Berlín, em vaig saber atrapada des del minut zero. Valmont havia arribat a la meva vida. I jo, com la més imbècil i innocent de les Michelles Pfeiffers, vaig caure-hi de quatre grapes, i em vaig deixar entaforar fins al més profund de mi.

I ja no vaig poder fugir. La seva nòvia, una *pija* de la part alta de Barcelona, però amb seu familiar a Pamplona, filla de membres de l'Opus Dei, feia cinc anys que exercia i patia els privilegis de ser l'oficial. Potser la fortalesa d'una educació rígida i ultracatòlica la va dotar d'aptituds de màrtir per aguantar aquell dolç calvari. Jo vaig entrar de pet a la seva vida, i ella no va trigar a saber que jo existia. Suposo que amb l'esperança que m'esvaís com tantes d'altres havien fet. Però no comptava amb la meva perseverança. M'havia enamorat amb tal obsessió i constància que hauria d'acostumar-se a mi molt més temps del que s'hauria volgut imaginar.

Era de pell blanca, llavis prims i mirada negra, intensa. Com una Blancaneus, però amb l'experiència d'haver-se menjat ja unes quantes pomes enverinades fins a tornar-se immune al verí i ja no necessitar massa l'ajut de cap nan. S'havia anat fent a la mida de l'Eloi. Sota una pàtina d'autosuficiència havia acabat vivint al ritme de les preferències d'ell. I una de les preferències, sovint, era jo.

No vaig trigar gaire a formar part de la seva quotidianitat. De la de tots dos, vull dir. Al principi la gelosia em feia molt mal, però cada cop la vaig anar incorporant i normalitzant. El que primer podia durar una setmana va passar a durar unes hores. Vaig aferrar-me al *carpe diem*. L'ara i aquí aplacaven el patiment d'imaginar-lo amb la mateixa intensitat que amb mi, suant i rient al costat d'una altra, i una altra, i una altra.

Van haver-hi molts intents de fugir d'aquell desastre natural. Però no sé si era el puto univers, la providència o la simple coincidència el que feia que ens tornéssim a trobar, i a necessitar. Ens enteníem molt, ens interessàvem, ens barallàvem, cuinàvem, llegíem i follàvem. I hi tornàvem. Amb l'Eloi sempre he tingut la sensació que es té quan busques pis, i el primer que veus és el que vols. No saps per què, però el vols i ell et vol a tu. I llavors els prejudicis et diuen que no pot ser, que has de buscar més.

9

Per Reis sempre demanava una disfressa de sirena. De tots els personatges de fantasia era el que més m'hauria agradat ser. No per haver sentit cap conte, ni haver vist cap pel·lícula, ni perquè fos una amant del mar, ni de la seva fauna i flora. Ni perquè tingués cap especial interès en la natació. Ni per cap devoció mitològica.

Estimats Reis Mags,
Em dic Dúnia, i tinc vuit anys. Aquest any m'he portat molt bé. A veure, m'he barallat molt amb la meva germana, però sempre li he demanat perdó. Sempre em toca a mi demanar perdó i fer les paus. Al col·le trec bones notes, fins i tot en matemàtiques. M'esforço molt. Voldria que em portéssiu un gos, i un gat, i un ratolí per al gat. Així podrà jugar. A la meva germana un sabó per fer créixer els cabells, li van haver de tallar perquè l'hi vaig enganxar un xiclet un dia que ens vam barallar. I unes quecs blanques noves. Als meus pares un viatge a la Conxinxina, sempre diuen

que voldrien anar-hi. Si no, més a prop. Ah!, i que no hi hagi més guerres ni nens negres dels que surten per la tele amb la panxa inflada. I també vull una disfressa de sirena. Sé que l'any passat us va caure del camell, m'ho va dir la meva mare. No passa res. Me la porteu aquest any. Com la que hi ha al dibuix.
Gràcies! Bon Nadal!
P.D.: El gat no és per al gos.

Mama!!! Vaig cridar un cop vaig haver fet la meva signatura, que era més aviat un gargot brossià. Pots dibuixar-me una sirena? Com aquelles que em dibuixes sempre!

Mai no vaig jugar a res amb la meva mare, però curiosament fins ara no ho he trobat a faltar. O fins ara no he sigut conscient de com ho trobava a faltar aleshores. Però li encantava dibuixar-me sirenes. I a mi, que me les dibuixés. No sé quantes me'n va dibuixar, no me'n recordo. Recordo molt una tarda d'estiu, fent els deures del quadern de vacances, que jo rosegava un llapis, avorrida de les matemàtiques i la calor. Vaig sentir que s'acostava a mi una olor de Nivea i Ducados, un còctel que m'encantava. Va, que quan hagis acabat, podràs baixar a jugar al carrer. Mama, tu saps dibuixar? La meva mare va quedar astorada per la pregunta. De cop li va esclatar a la cara com una plantofada amb la mà ben oberta el fet que mai s'havia assegut amb les seves filles a fer cap dibuix ni cap manualitat. Ni un trist ninot de plastilina. I que no havia agafat mai cap nina per jugar a papes i a mames que van a comprar, i al metge, i a la lluna. Que les havia parit, sí. I les estimava amb bogeria, també. Però amb la poca traça heretada de la seva mare. I a nosaltres, que ja ens distrèiem l'una amb l'altra, ens semblava d'allò més normal. Un cop va haver reaccionat de la plantofada, va fer una pipada del cigarro, va agafar el llapis i em va dibuixar una sirena preciosa i delicada, gairebé d'un sol traç. Que xula! Me'n fas una altra? I a partir d'aquell dia les sirenes van ser la nostra manera de, no ho sé... jugar?

Aquell any tampoc no me la van portar, la disfressa. I l'any següent no la vaig tornar a demanar. En primer lloc, perquè m'estimava més avançar-me a la decepció i acceptar que no arribaria mai, i segon, perquè vaig saber per una nena d'un curs més que jo que els reis no eren d'Orient, ni duien camell, ni res de res. Ara la plantofada la rebia jo, d'anada i tornada. Els reis són els pares.

Aquella nit vaig somniar que la meva mare era una sirena de les que ella dibuixava. I cantava, i jo, embadalida, em rendia al seu cant encantat. I llavors m'ofegava.

10

Vaig decidir no dir mai més la veritat el dia que em van encolomar la primera mentida. Fins aleshores, el meu codi ètic era impecable, moralment lloable. Les mentides em feien por perquè m'havien explicat que s'atrapa abans un mentider que un coix. I a un coix, al cap i a la fi, no li poden fer gairebé res, prou pena té de ser coix. Però un mentider, si és descobert, arrossegarà la lacra la resta de la seva vida, a part d'endur-se probablement un bon gec de mastegots. Era l'hora d'arribada a l'escola. Sonava la campaneta de la Madre Claustre, acompanyada dels seus crits aguts, estelles per a les nostres oïdes delicades. Les porxades del pati anaven engolint alumnes cap a les classes corresponents. S'anaven formant cues, com petites delegacions d'un gran exèrcit de formiguetes. Tota aquella rutinària coreografia matinal va quedar esquinçada per una fulla esmolada de glaç.

Havia mort el germà petit d'una nena de la classe. Una leucèmia que l'havia deixat amb un mocador al cap i li havia podrit la sang. Se l'havia endut demolint per sempre més la seva família. Un retrat enorme del nen mort, amb una samarreta de Superman i una mena de cims emboirats de fons, presidiria el menjador d'aquella llar que ja no ho seria mai del tot.

A la nostra cua d'entrada a classe, la notícia es va escampar de seguida. No digueu res, però el germà de la Gisela s'ha mort. Encara érem molt petits per entomar la notícia amb afectació. Vam reaccionar més aviat com a coprotagonistes de la que era la notícia del dia, de la setmana! Que va, de l'any! Aquell dia, a primera hora de classe la pregària es va allargar i, com ensopegant per un pedregar, ens van fer resar un parenostre i un avemaria. I ens van explicar que el germanet de la Gisela ara era al cel, que era on millor podia estar si no podia estar amb la seva família. Que ara estava amb Déu, i a la Glòria Santa. Sense saber que el que sentíem era escepticisme per les paraules de la mestra, tots vam assentir amb més o menys credulitat i un amén.

El nen el van enterrar aquell mateix matí, i a l'hora del pati van arribar la Gisela i les seves germanes. Els pares es van estimar més que recuperessin la normalitat el més aviat possible. L'arribada de la nena va ser com la d'una folklòrica a un aeroport. Entre empentes, les que manaven de la classe van abraonar-se-li per abraçar-la i dir-li que anés a jugar amb elles. I com una processó van anar totes cap al sorral, acompanyades del seguici de secundàries corresponent. Jo no vaig ser mai ni de les unes ni de les altres. Vivia darrere les meves ulleres, que sempre em relliscaven pel nas massa petit, jugant amb les unes o les altres, però mai amb cap capelleta en concret. Sovint, la Carolina, la que després havia de ser la meva amiga de l'ànima fins que jo em fes el seu nòvio, era qui tenia prou imaginació i paciència per seguirme la veta en els meus particulars jocs de viatjar en naus espacials on se celebraven tant experiments humanoides com casaments. Jo era una nena alegre, que si tenia ganes de fer-me tres cues en comptes de dues, no tenia cap vergonya que me'n privés. No m'agradaven les baralles i sovint feia de mediadora de les batusses de les meves companyes. Aquell dia estava badant entre pilotes de futbol, cordes i xisclets. La Gisela i comitiva xerraven al sorral quan de sobte una frase va travessar el pati. Xiulant com una sageta enverinada a l'Amazones. «GISELA! ÉS VERITAT QUE EL TEU GERMÀ S'HA MOOORRRT?!» Aquelles paraules van planar sobre meu fregant-me el clatell, sortides de la boca de la Glòria Guinard, una nena incòmoda i maldestra. Amb la mala sort que jo estava justament badant davant seu, en la mateixa visual que ella respecte a les altres. El pati va emmudir i tot d'ulls se'm van clavar com xinxetes. La Gisela va esclatar a plorar. Llavors les que s'havien convertit en les seves guardaespatlles ocasionals van venir cap a mi. Tu ets tonta o què! Mira què has fet! Ens han dit que no podíem dir res! Mira que ets tonta, imbècil. La Dúnia és una tonta, la Dúnia és una tonta! El càntic es va anar escampant, fent eco a les parets que encara em van semblar més altes, com els murs d'una presó d'alta seguretat d'on no podries fugir mai. Nervis, suor a les mans, un nus a la gola. No ploris, no ploris. La injustícia s'havia fet un nus amb la impotència. I com vaig poder, vaig omplir els pulmons que em cremaven i, en defensa meva, vaig dir que jo no havia dit res, que em semblava que havia estat... I la Glòria em va etzibar una estirada de cua. Mira que ets tonta, no diguis mentides. Tonta i a sobre mentidera! Si tothom ho ha vist i ho ha sentit. Has estat tu! Amb la suor, les ulleres se'm van entelar. El plor, com l'aigua en un dic de contenció, m'oprimia el pit, i s'empassava les meves paraules. La Madre Claustre va tocar la campaneta per anar cap a classe. Em vaig posar al final de la fila, abans que ho fessin els altres per mi. Amb els ulls negats, clavats a les rajoles vermelles i grogues de gres, vaig anar desfilant la meva tristesa, ràbia i impotència cap a la classe dels patufets. Al migdia vaig dinar sola al fons del menjador, aïllada. Com una leprosa. A la tarda vaig tenir mal de panxa i el meu avi em va venir a buscar per dur-me a casa. Vaig pujar al seu Seat 1500, de color blau petroli. El tenia impecable, com si els quaranta anys que feia que el tenia no haguessin passat. Asseguda al seient del darrere, volia fondre'm en l'escai negre. Total, ningú no em trobaria a faltar. Des del retrovisor, els ulls de l'avi em somreien. Que ha passat res, a l'escola? No. Tinc mal de panxa. No vaig haver de donar més explicacions. Va acceptar la meva primera petita mentida. La primera de les infinites que havien de venir.

11

Surto al carrer, ja fa quaranta-un dies que estem tancats a casa. La pesta bubònica del segle XXI, la tercera guerra mundial en format virus ha irromput, fatalment, en les nostres vides. A les nostres confortables vides de l'estat del benestar. De les hipoteques a interès variable, de les vacances a les Pitiüses, d'extraescolars de *parkour*, ukelele i xinès. De Kit Kats a pilates i ioga. De sopars un dia d'estrella i l'endemà de bodega reinventada però encara amb l'estofat de la mestressa d'ungles negres i cambrers barbuts amb un cinzano tatuat. De premières, vernissages, Liceus i Primaveres Sounds, de piterpanisme disfressat de neoliberalisme. De principis i morals intocables, i després corrompudes per les nostres vides confortables de l'estat del benestar. El peix que es mossega la cua.

Fa quaranta-un dies que estem tancats, els bessons i jo. El confinament decretat per l'estat d'alarma ens va enganxar a mi a Barcelona i al Lluís en un festival a l'Argentina. Fa tres anys que tenim la compartida. Tot molt bé, molt civilitzat, molt del nostre tarannà modern de no ets tu soc jo. Però va ser ell, ell va ser el primer. I ho vaig saber només trepitjar la plaça del bar on havia quedat amb uns amics que havia conegut a la xarxa. Twitter el carrega el diable, i també es va carregar el meu matrimoni. Era un diumenge de tardor, amb esquitxos encara estiuencs a les galtes. L'hora del vermut. La preferida dels diumenges, que fa que el dia s'allargui i tinguis la sensació que, potser, el dilluns arribarà més tard. Hi vam arribar tots quatre, hi havia més gent amb canalla. El Lluís estava il·lusionat amb la trobada, i jo contenta que ho estigués. Després de dos anys de bessonada, començàvem a veure la llum. I la idea que conèixer gent nova a mi sempre m'ha satisfet. Ens vam ajuntar de seguida amb una parella que tenia un nen, i una altra noia que anava sola. Era curiós perquè la familiaritat que es desprenia entre ells i el Lluís no m'era gens familiar. No era ni com és amb els amics, ni com és amb la gent de la feina (la que li cau bé) i, d'altra banda, era gent de qui mai no m'havia parlat. En canvi, feia la sensació que tenien una mena de passat en comú, però només era un present del qual jo era exclosa. Vaig saber de seguida que ella, la que venia amb la seva parella, que també es deia Lluís, estava començant a estripar la nostra història. Ni el seu company ni jo no hi teníem res a pelar. De cop, una pena molt profunda i molta, molta por de reviure tot el que havia conegut estant amb l'Eloi. Però aquest cop no hi havia xarxa on caure per no fer-me mal. La meva xarxa s'estava embolicant des de feia uns mesos amb ella. Ru, li deien. La paternitat amb bessons ens havia consumit i ens havia anat distanciant a la mateixa velocitat que s'havia anat acostant a ella. Coïa tant veure com es miraven, com reien i com xerraven. Aquella complicitat entre nosaltres que s'havia perdut qui sap ja on, era ella qui l'havia trobada, i li havia regalat al Lluís. Em va cobrir una gran sensació de desemparança que a les nits es va convertir en un insomni liderat per un pensament que habitava de manera obsessiva en el meu cervell. Se l'està follant o ho farà aviat. *Ojos que no ven...* però jo ho he vist clarament, hòstia. Amb l'excusa de la feina, el Lluís vivia enganxat al mòbil. Vivia enganxat a Ella. I la prova evident no va trigar gaire a arribar. De la manera més idiota, més descuidada. Era l'hora de la migdiada dels nens, un dissabte d'aquell mateix estiu. Totes les meves sospites transcrites a la pantalla del seu mòbil. El Lluís em creia adormida al sofà i es va aixecar per anar a pixar. Un zum-zum que retronava als coixins em va despertar. La pantalla es va il·luminar. Vaig llegir el que no era per a mi. *Migdiada time? Jo mirant un docu sobre animals marins. Saps què diu Theuroux dels animals? Ganes de vermutejar again.* Qui merdes parla de Theuroux un migdia d'agost? Vermutejar? Migdiada *time*? *Again*? I el cataclisme definitiu arriba en forma d'emoticona de cor i de llavis fent un petó. El cor a la boca, l'angúnia a l'ànima. El Lluís em pregunta, mentre s'apuja la bragueta: Nena què et passa? Que has vist un esperit? No, imbècil. He vist com una enorme esfera de ferro demoleix el nostre Tu i Jo, com unes tisores de gegant tallaven l'últim bri d'esperança. Però, en comptes de dir-li això, agafo el mòbil i li entaforo al pit. Qui collons és aquesta, eh? Qui collons es fa dir Ru?! Te l'estàs follant, eh? Te la folles?! I agafo la porta de casa, amb les sabatilles posades, les claus a la mà i me'n vaig a caminar i caminar, les llàgrimes de ràbia galtes avall. *Joder*, no tinc clínexs! Fill de puta! *Joder*, ho sabia! Vull fugir, però hi ha els bessons. Com ens ho farem? Com m'ho faré? Entro a casa amb el nas ben inflat. El Lluís ha banyat i fet sopar els nens, que ja dormen. Em diu que no hi ha res, que només són amics, que sí, potser ha estat una via d'escapament, que s'entenen en molts aspectes, igual que s'entén amb el Carles o la Mònica, els seus amics de la facultat. Amor, no hi ha res, de veritat, creu-me, jo t'estimo a tu. Un mentider reconeix perfectament la mentida, és com un sommelier de la veritat. Estic massa cansada, no vull decidir, no en sé. El temps ho farà per nosaltres. Faré veure i em mentiré dient-me que me'l crec. Ara me'n vaig a dormir.

12

Ja fa quaranta-un dies que estem tancats, els bessons i jo. El confinament decretat per l'estat d'alarma ens va enganxar a mi a Barcelona i al Lluís en un festival a l'Argentina. He sortit a comprar, només un moment. En massa poc temps, els nens han fet un curset accelerat en responsabilitat durant aquests dies d'enclaustrament obligat. No obrir a ningú, no entrar a YouTube sense que jo hi sigui, sé rastrejar les entrades a internet, aprofiteu per fer-vos el llit i parar taula. Vaig a comprar una lasanya a la botiga dels italians de la cantonada. No m'agrada cuinar, no n'he sabut mai, tampoc ningú me n'ha ensenyat i jo no he tingut gaire interès a aprendre'n. No volia ser una mestressa de casa, ni mare, ni senyora de ningú. I vaig voler fer-ho bé, des del més essencial. Ho sentia així, suposo que perquè veia com s'avorria ma mare, immersa en una rutina anodina que, en aquest cas, sí que havia desitjat. O així l'hi havien fet creure, com a tantes dones de la seva generació. Les del *quince años tiene mi amor* i les *puestas de largo*. Expertes en *sus labores*, secretariat i en els dies esbojarrats ser *chicas yeyé*. Les que miraven amb admiració el maig del 68, però millor mantenir les distàncies pel què diran. Jo volia ser diferent, me'n sentia, sobretot de portes enfora. M'era igual com anar vestida a l'escola, però a casa em posava els vestits de nit de la meva mare i em pintava els llavis de color vermell. No en volia saber res, de nòvios, però a les nits m'adormia tocant-me per sota les calcetes. L'aneguet lleig que anhelava ser cigne, però no fos cas que algú ho descobrís. Em negava per principis a l'amor romàntic, però desitjava que un Gene Kelly em cantés *bajo la lluvia* mentre jo feia un gerro en un torn de fang en samarreta i calça curta.

He trigat quinze minuts per anar i tornar dels italians. Fa sol, l'aire és més net, no se sent soroll de cotxes, els caminants ens albirem en una distància prudencial. Quina plaga, els humans. Trigaré cinc minuts més. Desaccelero el pas. Vull aprofitar aquests pocs moments de llibertat. I és a cent metres de casa que l'estómac em puja al pit, o el cor em baixa al baix ventre. Aquella sensació coneguda, enyorada i que tanta por em fa sempre que la sento. És a cent metres de casa que l'Eloi puja carrer amunt. Ens creuarem, ens aturarem. No ens abraçarem, aquest cop no podem. Un metre i mig que sembla un quilòmetre. No va sol. Fingeixo normalitat. Fingeix normalitat. No va sol, no va sol. No Va Sol. NO VA SOL. Què coi fa passejant amb la meva quiropràctica? La MEVA. A ells no els separa un metre i mig de distància. Què fots, quiropràctica meva, amb l'Eloi? Ningú no és de ningú, però ell sí. És meu, viu en el meu record. No en sortiràs mai, d'aquí dins? Parlem de foteses, frivolitats. Dels fills que aviat deixaran sortir de casa. Ella ens mira com si res, però sí que li fa res. Veu com el temps s'ha aturat i ens envolta protegint-nos una campana molt fina de cristall i nostàlgia. No la toquis, quiropràctica! Que l'embrutaràs amb les teves mans antisèptiques! Tranquil·la, que no es pot trencar. Això no ho podràs fer mai.

—Com està la teva mare? —li dic—. Em vaig trobar el teu germà, que diu que darrerament estava delicada. Fes un petó a la Lala de part meva.

Es diu Lala, mai no li ha dit mare. Ho sabies tu, fisioterapeuta, això? Eh? Eh? Oi que no? I que hauria de dur mascareta i estar lluny de tu perquè és asmàtic i es podria morir? I que un dia em va demanar el meu úter després de follar cap per avall en una casa que tu mai no podràs trepitjar perquè ja no existeix i no sabràs com imaginar? Que va habitar-me set anys i mig de la meva vida i per fi gairebé me'n vaig poder desempallegar? Perquè sempre reapareix inesperadament. La nostra història sempre ha anat així. Petites rèpliques d'un etern terratrèmol. El primer cop que vaig reunir prou força de voluntat per desenganxar-me de l'addicció a l'Eloi, vaig fugir a Roma. Al barri d'Ostiense, a casa del meu amic Fabrizzio, que em va protegir i llepar les ferides fins a gairebé guarir-les. Feia relativament poc que les Torres Bessones havien desaparegut, i tot just ens acostumàvem als cèntims d'euro. L'avió de tornada aterrava a les onze de la nit. Vaig agafar l'aerobús fins a plaça Catalunya, on vaig fer transbordament amb els Ferrocarrils Catalans. Vaig arrossegar la maleta de rodetes fins a l'últim vagó. Així, en arribar a Gràcia, no l'hauria de carretejar tanta estona per l'andana. Estava cansada, però em sentia alleujada. Era tard i hi havia gairebé tots els seients buits, però el pip-pip de les portes em va fer precipitar i seure sense mirar gaire on ho feia. Vaig deixar la bossa de mà al seient del costat. Al rellotge de polsera, les 23:42. Les portes es van tancar, i en alçar la vista em trobo amb els ulls que m'havien fet fugir. No em podia creure el que la providència m'havia preparat. I, sense pensar-m'ho, una abraçada.

—T'he estat trucant, fa com quinze dies que no sé res de tu. Tot just avui he passat pel teu pis, veuràs que t'hi he deixat una nota.

—Eloi, et vaig dir que no volia que em truquessis. Havíem quedat així.

—Ah, sí? No me'n recordava. Tenia moltes ganes de veure't.

I ja tornava a tenir-lo injectat.

És i ha estat sempre omnipresent. En el lloc i el moment menys pensats. Trobar-nos en un concert on no volia anar, que la mare del seu fill es traslladés just al mateix carrer on vivia amb el Lluís, les manifestacions contra qualsevol cosa. Pujo a casa amb la lasanya que regalima i el cor encara bategant-me a la panxa.

—Mama, ja era hora! Tenim gana.

—El Teo s'ha carregat el llum que tant t'agrada del menjador.

—Max ets un xivato! Et caurà el pito per xivato!

—Voleu callar!

El llum taronja i blanc vintage de vidre que vam comprar en aquell mercat de Berlín amb el Lluís. Hi vam anar de ressopó. Després del nostre viatge de noces a Àsia, hi vam anar a polir-nos els regals de casament ensobrats de les tietes del poble del meu pare, tietes amb noms impossibles de recordar, però ben farcides de calés gràcies a les olives i les avellanes i unes moltes hectàrees repartides per tot el Baix i l'Alt Camp. No havia pogut tornar a Berlín, m'era dolorós, per allò de l'omnipresència. Però, un cop amb el Lluís, vaig saber que amb ell podria purgar-ne els records.

—Calleu o us quedeu sense la lasanya!

Deixo les bosses a la cuina i em llenço al teclat de l'ordinador. Entro al correu i comprovo que fa just un any l'Eloi irrompia a la meva safata d'entrada.

13

El meu pare sempre ha estat una persona íntegra, rígida, convincent, autoritària, pragmàtica, poc xerradora, però de llargs discursos a l'estil catedràtic quan li preguntes sobre història, política, economia o conreus de secà. Amb la certesa de posseir la veritat absoluta i la raó de les coses, no per vanitat, sinó per convenciment. Abans de voler ser el que soc, vaig voler ser el que ell era. M'emmirallava en la seva seguretat, ell sempre sabia el que s'havia de fer i com i en quin moment. I a mi ja m'estava bé deixar-me fer. I a la meva mare, i a la meva germana. Tampoc no teníem gaires més opcions. Ens posava sovint en qüestió i ens feia reflexionar, però era per fer-nos arribar a la conclusió que les seves conclusions eren les bones. Si una cosa, però, en vaig aprendre, és la tenacitat, la perseverança. El picar pedra. I això combinat amb el mestratge matern m'ha fet arribar on soc ara.

Són les 17:30 de la tarda d'un dimarts, l'hora i el dia de les visites al geriàtric. Els residents esperen, impassibles al temps, escampats sota les ombres dels arbres, l'arribada dels familiars. El jardí de la residència sembla un desert de cactus deshidratats. El meu pare, assegut a la cadira de rodes acabada d'estrenar i a la qual encara no s'ha acostumat, m'espera al costat d'un banc. Sento un sotrac a l'estómac i un sanglot que m'ennuega. Sort que duc posades les ulleres de sol. No vull que em vegi plorar. Dissimulo amb un somriure tens mentre el saludo amb la mà cridant la seva atenció. La seva mirada s'ha convertit en uns ulls petits i plens de tristesa, com els del meu iaio. La diferència és que els seus, els del meu pare, se li han omplert de cop. Fins fa un parell de mesos, la vida l'havia tractat prou bé. No va passar tanta gana com els seus germans, va néixer prou tard per no patir els estralls d'una postguerra recent. Va poder accedir a estudis universitaris fruit de la seva perseverança i intel·ligència matemàtica. Va formar una família i va adquirir un estatus professional i social més exquisits del que hauria pogut desitjar, si és que ho havia fet. Va aixecar una empresa del no-res, a canvi de moltes hores de sacrifici, dedicació i absències a l'hora de sopar i de fer-nos un petó de bona nit a mi i la meva germana.

Ja havia tingut episodis, abans, però aquest darrer cop ha estat el de gràcia. El que l'ha deixat sense poder gaudir de la jubilació. Hemiplegia, afàsia, dificultats en la parla i la deglució. L'hemisferi esquerre del cervell trinxat. Em demana que vol anar cap a dins, que té fred, o això m'ha semblat entendre. No havia empès mai una cadira de rodes. El cos se li ha empetitit, com els ulls. Amb la mà esquerra s'agafa la dreta, ara inerta. Duu una gorra com de paleta per protegir-se del sol, i una camisa de ratlles que no és seva. Fa olor de lavanda i naftalina, l'olor de la vellesa. Es nota que l'acaben d'afaitar. Ens creuem amb una infermera que el saluda efusivament i em canta les excel·lències com a pacient exemplar que és, mentre li pessiga la galta que duu subjectada amb unes tiretes.

—*Una delicia, el señor Juang es una delicia. No le vamos a dejar regresar a casa, a que no, Juang...*

—Si no li sap greu senyora E... Evelyn —faig veure sobreactuadament que no llegeixo el seu nom a la primera—, el meu pare es diu Joan, tothom li diu i li ha dit sempre Joan. I si no m'ha informat malament la meva mare, al seu necesser hi ha d'haver un pot de Carolina Herrera *for man*, segur que l'ha vist mil cops anunciat a la tele. Oi que podrà recordar aquest parell de coses? Ah, i té setanta-cinc anys, no tres i mig.

Així que, si no li sap greu, que sé que no n'hi sabrà, adreci-s'hi amb propietat. Moltes gràcies i molt bona tarda.

El meu pare m'agafa la mà i esbossa un mig somriure, que és el màxim que pot somriure. Sé que està orgullós. Sempre havia estat ell qui feia un cop de puny o un mecaguncony quan calia i jo, d'això, en vaig aprendre de seguida. Volia assemblar-me a ell per no assemblar-me a la meva mare, destí que em sabia inevitable. Però, a ulls d'ella, me'n sortia prou bé. Discutíem sovint, amb el meu pare, i gairebé sempre acabava plorant. Volia que fos forta, i perseverant com ell, i jo no sabia com fer-li entendre que m'hi esforçava i que era la frustració el que em feia plorar. Llavors la meva mare etzibava un melodramàtic «és que sou cagats» i feia un mutis cap a la cuina tot encenent-se un ducados malgrat tenir-ne tres més consumint-se en diferents cendrers. «Sou cagats», i jo ho sentia com un himne tocat per trompetes celestials. Me'n sentia orgullosa, la meva pantomima donava els seus fruits. El meu pare em feia plorar, però també em feia moltes pessigolles, i jo me les deixava fer, tanta estona com la meva respiració i riallades i ganes de pixar-me a sobre em permetien. Era la nostra manera de dir-nos «t'estimo» sense saber-ho. Perquè, de fet, no en sabíem. Ni a ell li havien ensenyat a dir-ho, ni a mi tampoc. Només era una cosa que es deia a les pel·lícules americanes. Això acostumava a passar els dissabtes al matí quan tornava de navegar, i em deia un dia te n'ensenyaré.

Arribem a la seva habitació. Hi trobem el seu company, que dina parsimoniós amb la mirada clavada a la televisió. És un home de poques paraules, la tristesa les hi ha anat engolint a poc a poc.

—Bon profit, Tomeu.

I tornant per un moment de ves a saber on que viu, em diu que gràcies, maca, que si necessitem res només cal que l'hi digui. I torna a endinsar-se en la seva absència. Malgrat que la logopeda i el fisioterapeuta ens han donat instruccions concises que ha de ser ell qui dini tot sol, avui fem com si fos diumenge i li dono festa. Necessita reserves de tenacitat, i no seré jo qui les hi esgoti. Sé que sent decepció i vergonya de si mateix, de veure com el peixa la seva filla petita. És com llegir el propi epitafi. Ho amaga, però darrere una mena d'indiferència insípida, com el menjar que li serveixen.

Alimentar un nadó i un avi pot semblar la mateixa cosa. De fet, tenen moltes coses en comú. El comensal no sap agafar amb destresa la cullera, obre la boca fent tentines, sovint li regalima el menjar per les comissures, que, amb dificultat, intenta netejar-se amb la llengua aconseguint l'efecte contrari. Prova d'agafar el got tot abocant el contingut dins el plat de menjar. S'escanya i tot seguit tus i sanglota gairebé vomitant el que acaba d'ingerir. Quan en vol més s'enfada i quan no també. Un cop acaba inicia una digestió extraordinàriament ràpida, que comença amb unes flatulències que anuncien les posteriors deposicions. Això va seguit de la higienització corresponent, que culminarà amb una capcinadeta molt desitjada per ambdues parts, per qui alimenta i per qui és alimentat. Fins aquí no sembla que hi hagi d'haver cap motiu per viure-ho de maneres tan diferents. Objectivament passen les mateixes coses. Mentre li vaig donant el menjar m'ho vaig repetint una vegada i una altra com un mantra. Però la pena em va negant l'ànima i vull fugir, vull que no m'hagi tocat viure això i vull ser Maria Teresa de Calcuta o una psicòpata sense empatia ni sentiments. Per un moment entenc l'Evelyn, l'única manera de sobreviure a tot plegat és tractant-lo com una criatura de bolquers. Al cap i a la fi, és en el que s'ha convertit.

S'ha adormit de seguida, la degradació esgota molt i necessita reserves per preservar la dignitat imprescindible per a la recuperació. M'hi estic una estona més, miro com dorm. El seu gest és relaxat, va fent petits espasmes, espero que siguin de navegar en somnis. El mar ha sigut sempre la seva vida, la de veritat, on ell era ell. On mesurava les seves forces i, malgrat ser més petit que el mar, acabava guanyant. No vol parlar-ne, ara, del mar. Ni saber que la seva petita embarcació el segueix esperant al port. La meva germana i jo hem procurat pel seu manteniment. La meva mare, també. Agafo el mòbil per inèrcia, inèrcia que em fa recordar que li he d'escriure un missatge per passar-li l'informe de la visita. Ho faig per escrit, no suporto el seu to dramàtic, per escrit la tolero millor. S'ho ha passat molt malament, amb la malaltia del meu pare. I si hi ha cap víctima en aquesta història, òbviament és ella. D'un dia per l'altre s'ha hagut de fer responsable de la seva vida i de la del meu pare, quan sempre havia estat a l'inrevés. El drama és el seu hàbitat natural, i el que semblava que l'hauria d'haver enfonsat sota tot pronòstic l'ha fet ressorgir més poderosa que mai. La tragèdia ha estat la seva poció màgica. De cop ha esdevingut una dona forta, resolutiva. D'on l'ha tret, aquesta força? Vol dir que ja la tenia, però ja li estava bé no treure-la. Treure-la volia dir canviar, i això hauria estat intolerable. Jo l'hauria vist i hauria volgut ser com aquesta dona que no sabia que existia i que resulta que és la meva mare. Per què no va ser mai, aquesta dona forta, per a nosaltres? I, de cop, la culpa em martelleja la consciència. «Hola, mama, el pare està prou bé, ha menjat bé, i m'ha ensenyat que comença a moure la cama. Ara ja dorm. Un petó. Adeu. No em truquis, agafo el cotxe.»

Tot plegat em produeix una ràbia àcida. Penso que tant de bo aquesta merda hagués passat abans, i tinc ganes d'empassar-me la ràbia per haver tingut un pensament tan així i que em cremi a poc a poc fins que em faci desaparèixer. La culpa altre cop. La culpa, la culpa, la culpa. LA CULPA.

14

El Lluís i jo ens vam casar per ganes de cridar al món que ens estimàvem, que érem feliços, que guanyàvem una pasta i que ens en gastaríem molta en un convit molt sonat. Estàvem pletòrics. Jo duia un vestit *art déco* autèntic, comprat en una *boutique* vintage al Marais de París, com adoro aquell barri. El Lluís anava guapíssim amb un trajo superelegant tipus colonialista David Valls i unes espardenyes de set vetes, i jo el trobava tan modern i curiós i original i tradicional a la vegada. Tant com ell a mi. La festa es va allargar tot el cap de setmana, entre preparatius, el dia D i l'endemà, on ens vam banyar al riu amb els amics que anaven arribant com sortits d'una clínica de rehabilitació. Ens vam casar en una casa al camp, un dia de primavera que semblava més d'estiu. No va ploure. No sé si gràcies a les monges clarisses i els ous que els vaig portar amb la meva cosina supercreient. A mi m'agrada pensar que sí, és romàntic i divertit. Vam sortir als *ecos de sociedad* de la revista comarcal del poble on es va oficiar la cerimònia, al costat d'un anunci de la carnisseria Montserrat. Cerimònia civil, és clar. Va córrer la veu que se celebrava un casament a Mas Piquet, i que hi anirien convidats famosos. Feia anys que havíem fet amistat amb algunes celebritats arran de la feina, i un parell van venir al casament. Un futbolista que resulta que estava casat amb una cantant. Per sort, al cap de tres vermuts, l'aperitiu i unes copes de cava, ja ningú no els veia com semideus i fins i tot una tieta del meu pare s'hi va acostar per dir-los que a ella no li impressionava gens que fossin famosos. Que tots naixem sols, mengem, caguem i morim sols. Amén. I va girar cua per anar a cruspir-se un maki de toro amb ceba caramel·litzada.

Ni el Lluís ni jo mai no havíem pensat a casar-nos. Jo de petita deia, no em casaré mai, total per acabar divorciant-me i tenir una nena difícil com jo. Però va ser conèixer-nos i tot va anar rodat. Ens vam enamorar molt, vam follar molt, vam avortar, i vam seguir estimant-nos malgrat que jo el culpava per haver decidit avortar, culpar-me per no haver estat valenta i atrevir-me a perdre'l. Però jo no el volia perdre. El Lluís no era l'Eloi, i per això no podia permetre'm el luxe de perdre'l. Però la dita ja ho diu, sempre ensopeguem amb la mateixa pedra. El que passa és que la veiem diferent, i per això no ens adonem que hi és i hi ensopeguem.

El primer any de casats ja em vaig quedar embarassada, dels bessons. A la família hi havia hagut bessonades, però s'havien saltat una generació. No diuen que és així com va? En fi, tant se val, la cosa és que teníem números i ens va tocar. La il·lusió i el pànic anaven a parts iguals. El pànic anava creixent proporcionalment a la meva panxa, i era molt grossa. Va ser quan ens vam mudar d'un àtic petit a un àtic gran, amb ascensor i porter. Vam canviar el cotxe petit biplaça per un cotxe gran amb un maleter on hi hauria entrat el cotxe biplaça. Vam posar una tele a l'habitació de convidats per a la nani que contractaríem per atendre els nadons a les nits, després de decidir al cap de tres mesos que ja no els alletaria més, que tenia una campanya important i no em podia permetre estar sense dormir. Ni el Lluís tampoc. Tot això amb la culpa martellejant-me de nou el cervell dient-me: mala mare. Vaig plorar preparant els primers biberons, però a poc a poc el remordiment va anar mitigant-se veient que els meus fills creixien sans i contents. I que de maternitats n'hi ha tantes com úters al món. Per tant, a cagar a la via.

Al Lluís i a mi ens va semblar molt lògic convidar el Víctor al casament. Al cap i a la fi, va ser gràcies a ell que ens vam conèixer. El dia que li vaig demanar, perquè vaig ser jo qui li vaig anunciar que ens casàvem, davant d'una certa estupefacció mal disfressada d'alegria, li vaig dir que no acceptava un no per resposta, però que sense compromís, eh! Vam riure i vaig entendre que era un sí. El dia del casament va pujar a l'habitació on jo acabava de vestir-me, «volia felicitar els nuvis sense tanta gent pel mig, que als casaments ja se sap». «Víctor, el Lluís no hi és. És a baix, com mana la tradició. Que no l'has vist?» No sabria dir si estava nerviós o si sentia una certa vergonya o incomoditat en trobar-nos de cop sols en aquella habitació amb el llit desfet de la nit abans on el Lluís i jo havíem fet l'amor, maldestres, a causa de l'alcohol i alguna droga. Es respirava massa intimitat, intimitat meva, que per primer cop compartíem. Es va acostar una mica massa. «Estàs radiant», em va dir, i em va plantar un petó a la galta no gens paternal. Vaig tancar els ulls, li vaig ensumar el perfum que sempre m'havia agradat, i que gràcies per venir. I agafant-li molt suaument la mà, fregantnos lleugerament els capcirons dels dits, que em feia molt feliç que avui ell i la Sònia, la seva dona, fossin allí amb nosaltres.

15

No he tingut mai clar si es comença mentint primer als altres o a un mateix... Per poder mentir, mentir bé vull dir, amb una credibilitat implacable, és clau, i ho dic amb coneixement de causa, creure amb fermesa en aquella mentida. Això implica mentir-se a un mateix. I un decideix mentir-se a un mateix per poder creure's la mentida. Fer d'aquesta mentida una veritat. L'ou o la gallina? Al cap i a la fi, el que importa és el resultat final i l'eficàcia de l'engany en si. D'altra banda, no suporto que em menteixin. Ningú no és perfecte, en això resideix la bellesa i la complexitat de la nostra espècie. No suporto que em menteixin perquè la mentida implica dubtar de la intel·ligència o, sent més precisos, de la perspicàcia de l'altre. I que algú em consideri tan ingènua per poder mentir-me m'ofèn més profundament que l'engany en si. Per això vaig deixar el Lluís (fent-li creure, de nou, que era ell qui em deixava). Per mal mentider i per insultar la meva intel·ligència. Quan una mentida és descoberta, el combat s'ha acabat i has de saber acotar el cap i no perllongar-la més. Resulta patètic veure com s'arrossega, agònica. Quan et descobreixen, has de ser honest i saber-te abatut. El Lluís no ho va saber fer, i quan en va aprendre ja va ser massa tard. Li vaig concedir el benefici del dubte en tres ocasions diferents al llarg dels set anys que va durar la seva mentida. La nostra mentida, al cap i a la fi. Jo en feia un parell, i ni això, que l'enganyava amb el Víctor. Fins que me'n vaig cansar i, en un intent fallit de manipulació amb xantatge emocional inclòs —pensava que això el faria reaccionar i que potser li despertaria una certa compassió i admiració pel meu gest honest—, l'hi vaig confessar tot. Bé, tot no. El pecat sense el pecador. Ens hi jugàvem molt més que el nostre matrimoni per molt que ja es trobés en estat pal·liatiu. L'hi vaig confessar perquè la meva història amb el Víctor m'havia decebut profundament, més enllà de sentir-me afalagada i en conseqüència falsament enamorada, enlluernada, fruit de l'eròtica del poder i, potser, des d'un punt de vista freudià fruit de la manca d'admiració per part del meu pare. Més enllà d'unes follades ornamentades per la cosa fugissera, el Víctor va resultar d'allò més avorrit i desconnectat vitalment de mi un cop ja m'havia follat. L'hi vaig confessar tot perquè ja no podia sostenir més la seva mentida, no podia aguantar sentir-me idiota i desestimada. Perquè sabia que la història del Lluís era molt més que això. No volia tornar a sentir-me una entre moltes com m'havia passat amb l'Eloi. Val a dir que el Lluís va acabar reconeixent la seva mentida perquè l'enxampada va ser monumental i ja no li van funcionar més les justificacions. Les *selfies* d'ella al mòbil, que no és res, que t'ho prometo que s'ha acabat, els missatges via xarxes socials, que és una admiració mútua intel·lectual. Aquest cop vaig sentir com parlaven des de casa nostra. CASA NOSTRA. El Lluís m'havia trucat mentre jo era de viatge per un rodatge a Londres. Una campanya de Jägermeister. Em vaig endur els nens perquè volien visitar la casa museu de Harry Potter i, aprofitant que era pont i tenien festa a l'escola, vaig pensar que era una bona idea. El Lluís em va trucar perquè no recordava si havíem quedat per dinar amb els seus pares el cap de setmana següent. Al cap de dos minuts va tornar a trucar-me. Vaig despenjar la trucada i tot seguit sento la veu d'una dona, que diu, oh, quina llitera més maca! Uau, quines vistes, es veu tot Barcelona! Vaig penjar després de cridar Lluís tres cops i veure que no em sentia. El cor em va començar a bombejar a tota llet, tot i així vaig empal·lidir i vaig caure de cul al sofà.

—Mama, estàs bé? Et trobes bé?

—Va, aneu a dormir que és tard.

—És el papa? Volem parlar amb el papa, li volem dir bona nit.

—He dit que a dormir, o demà ni Harry Potter ni res!

El nus de la gola no em va deixar vessar ni una llàgrima. Em va pujar la febre de la ràbia i la tristesa. De saber que definitivament amb el Lluís l'amor també s'havia acabat.

16

No suportem veure els nostres defectes en els altres. Uns defectes que sovint creiem heretats. És una manera d'espolsar-nos la responsabilitat de ser. Em resulta corrosiu veure com la meva mare manipula a través del xantatge. Em resulten insultants les mentides tan poc sofisticades del Lluís. Això passa perquè no suportem el mirall? Un mirall que, en tot cas, no veiem fins al cap de molt temps, un mirall d'efectes retardats, o que fins i tot no considerem ni mirall.

M'agraden els pops. Són éssers fascinants. Per la seva capacitat d'adaptació. De dissimular camuflant-se. Per la seva agilitat. Per la seva intel·ligència, que comporta una gran sensibilitat. Per la seva por. Perquè són suaus i rugosos alhora. Perquè poden agafar moltes coses alhora. Perquè són solitaris. I per la seva capacitat de sacrifici innata. Les mares pop donen la vida per les seves cries. Tota l'energia per gestar la prenen de la seva pròpia. Es deixen morir mentre coven els ous. Moren per donar vida. I és per això que no en menjo. No soc vegetariana, ni vegana. Però un animal com aquest es mereix tot el meu respecte. En canvi, a vegades em maleeixo per no ser caníbal. A més d'una persona l'hauria fet bullir a foc lent. I colpejant-la prèviament per estovar-ne la carn i l'ànima. Estic convençuda que els pops ploren, però no en veiem les llàgrimes perquè viuen sota l'aigua i moren tot just si els en treus. I això ens impedeix veure'n les llàgrimes, salades com les nostres.

Havíem arribat a Sardenya feia un parell de dies. Jo em vaig apuntar al viatge a última hora. Una altra fugida endavant per no passar-me les hores dels matins, migdies, tardes, vespres i nits fent veure que no estava pendent del telèfon i de les trucades de l'Eloi. La que en aquell moment era la meva companya de pis, que encara pagàvem amb pessetes, em va proposar si volia apuntar-me a un viatge per Itàlia, ella hi tenia uns amics que vivien a Roma, on assentaríem el campament base, i des d'allà aniríem fent esquitxades per la península. De Roma a Nàpols, i fins a Lecce, els pares del seu amic Francesco hi vivien i hi regentaven un restaurant on la gent anava expressament a menjar-hi carpaccio de peix espasa. Ens van peixar com si acabéssim d'arribar de la guerra, al més pur estil mamma italiana. Antipasti variats, pasta de tota mena, cocce, el famós carpaccio, i un carro ple de postres digne de la fàbrica de Willy

Wonka. No recordo com vam anar a parar a Sardenya, ni si va ser abans o després de la petita parada a la Puglia, on vaig descobrir els lidos plens de gandules de colors i milanesos amb eslips Gucci. La fugida endavant tenia com a objectiu un amor fugaç d'estiu que s'acabés convertint en l'amor de la meva vida que m'obligaria a traslladar-me per sempre a Itàlia, on els meus futurs fills tindrien la doble nacionalitat. Vam arribar en un Fiat vermell, amb cassets i sense aire condicionat ni direcció assistida, al càmping *libero* on s'estaven els amics del Francesco. Amics i amigues de l'escola de teatre on estudiava i on va poder esplaiar la seva homosexualitat fins a punts exhibicionistes, però que encara no havia pogut confessar als seus pares. Que al seu torn feien ulls cecs al que era més que evident, però que ells no volien veure. La primera nit vam sopar pasta feta amb un fogonet i ballar a la vora d'una foguera. Vam fumar maria i vam beure mirto. Malgrat el mal de cap, em vaig llevar per primer cop en molts mesos amb sensació de llibertat. Alleugerida del pes que exercia l'Eloi en el meu pensament. Tot el que pensava o decidia passava pel filtre de com ho faria ell, què en pensaria ell, ho aprovaria? N'estaria a l'alçada? Per primer cop la distància havia fet el seu efecte. I també el fet de no tenir cobertura en el meu

Alcatel acabat d'estrenar, ni cap cabina telefònica a l'abast. Només llevar-nos vam anar a treure'ns la son i la ressaca en una platja feta de piscines naturals. El paisatge no podia ser més idíl·lic. Una capbussada i una altra, i una altra. Purificada, vaig emergir i la vaig veure. Amb els ulls tan turqueses com l'aigua que em regalimava per les galtes i l'espinada. La pell se'm va eriçar tota. Com podia ser que no l'hagués vist abans? Potser acabava d'arribar. Exacte, va arribar amb la Tamara, la millor amiga del Francesco. Però era més gran que tots nosaltres. Vist des de la perspectiva de quan en tens vint-i-dos. Ella en tenia uns vint-i-set, havia acabat la carrera d'Arqueologia i feia un doctorat, per això rondava per l'illa. Es deia Aglaia, i tenia la pell bruna i els ulls més bonics que m'havien mirat mai. Era menuda, prima, ratllant el trastorn alimentari, però això la feia delicada i elegant en el seu caminar de *tomboy*. Vam passar el dia plegats el Francesco, la Tamara, la meva companya de pis, l'Aglaia i jo. No ens vam dir gairebé res durant el dia, però ens esguardàvem sense perdre'ns detall l'una de l'altra. El cor m'anava a mil cada cop que se m'acostava, era tan sobtat com natural alhora. Volia besar-la, acariciar-li els pits menuts i aprendre de cop tot el que calia per llepar-la fins a quedar extasiades, totes dues. Feia olor de net i d'almesc. La veu rasposa d'haver fumat des dels tretze anys i un somriure tímid que sempre volia estar amagat. Tenia ganes d'explicar-li qui era jo, com era, com havia arribat a Sardenya i per què. Tenia ganes d'esborrar el meu passat i començar amb ella de nou. El primer petó em va fer tremolar fins que les dents em van espetegar, tota jo en convulsió, com si m'hagués agafat de cop una febrada. Que confortablement nou va ser besar-la, besar-nos. Els seus ossos clavats a la meva carn. La seva pell fina relliscant sobre la meva. El seu gust dolç, la seva mel que era com la meva. Aglaia, la meva nova llar.

17

M'he passat la vida remant contra corrent, intentant amb totes les meves forces no ser allò a què em creia condemnada. Però, d'altra banda, quan em sentia esgotada, em deia, un neix com neix i no pot fer-hi res. Excuses de mal perdedor. La gent no canvia. Una de les moltes mentides que ens diem per no haver de fer cap esforç, perquè volem ser complaguts i no pas complaure. Complaure requereix esforç, un desgast, un a poc a poc, potser, anul·lar-se. Però sí, i tant que podem canviar. Ghandi va canviar. Che Guevara va canviar. Teresa de Calcuta va canviar.

Mentir per no canviar. I canviar perquè, al cap i a la fi, mentint canvies la veritat i la realitat. La veritat i la realitat dels altres.

Els meus pares vivien tranquils gràcies a les meves mentides. Has anat al conservatori? Sí, i després hem berenat amb la Núria (no, he anat amb la Núria a la botiga de *chuches* a robar i després hem sortit corrents i ens hem esperat al portal del costat del conservatori fins a l'hora de tornar a casa). Mama, avui uns gitanos m'han pres les dues mil pessetes que m'havies donat per anar a comprar. Dic amb llàgrimes als ulls (no, me les he gastat en un vinil d'U2 i bosses de ruffles i coca-coles i cigarrets per dur a les convivències de Scala Dei). Felicitats, ho has aprovat tot! (no, m'han quedat les mates, però he agafat les notes de la meva germana de fa tres anys, n'he canviat el nom i no us en heu adonat, perquè mai, mai, em creuríeu capaç de fer una cosa com aquesta). Vull tocar el piano (vull tocar el violoncel, però tothom toca el piano, i jo vull ser com tothom).

Dir la veritat aquell dia al pati no em va servir de res. La veritat la va construir la Glòria a la seva manera, per protegir-se i carregar-me el mort. De què em va servir, dir la veritat? De res. Em va servir perquè em diguessin tonta i mentidera. I jo no era ni una cosa ni l'altra. Però, perquè no em prenguessin més per la primera, em convertiria subtilment en la segona.

L'Eloi em va demanar el meu úter. Jo li vaig dir que no, però va ser que sí. Entre l'Eloi i el Lluís hi van haver solapaments dins el continu espai temps. Les darreres setmanes agòniques de la meva relació amb l'Eloi van coincidir amb els primers brots de sexe desaforat amb el Lluís. Havia de fer una transició indolora, i per a mi aquella va ser la millor manera de fer la transacció.

Em deixes el teu úter? Sí.

Vaig dir al Lluís que havia estat ell. De fet, no n'estava gaire segura, però, a l'hora de triar, ho vaig tenir molt clar. Una mentida piadosa, de les que no existeixen. Tots sabem que són un eufemisme. El fet d'haver d'enfrontar-me a dir-li a l'Eloi que tindria un fill seu era remuntar una història ja finida, l'havia d'aniquilar. Havia de creure que aquell fetus era del Lluís. I m'ho vaig acabar creient i li vaig fer creure a ell. L'Eloi no en va saber mai res, d'aquest tema. Perquè sé que si l'hagués triat a ell, ell hauria decidit que el volia tenir, que jo li havia entregat el meu úter, i submisa i devota als seus desitjos i pensaments, m'hauria diluït en ell fins a desaparèixer. I això no m'ho hauria perdonat mai. Vaig preferir carretejar la culpa de la mentida, que al cap i a la fi era un dels pilars de la meva supervivència. I un dels pilars de la relació amb el Lluís, el que serien els propers quinze anys.

La mentida ens sostindria, ens protegiria mentre ens anava podrint al mateix temps. Danys col·laterals.

Voler i doldre. No es pot tenir tot, i nosaltres ho volíem tenir tot.

La ruptura amb el Lluís, a expenses del que esperàvem i del que tothom preveu d'una ruptura, no va ser gens traumàtica. Va ser una alenada d'aire fresc, omplir els pulmons després d'una llarga i feixuga apnea que a poc a poc m'havia anat erosionant la salut, no en grans dosis, sinó com una gota malaia. Esgotament vital que em va fer passar per tota mena d'especialistes que m'havien de curar les emocions a través de dietes, teràpies amb imants, homeopatia i flors de Bach combinades amb paroxetina, orfidals i tranquil·litzants, compensats amb triptòfan. Perquè tot el que em passava, deien, era estrès. I una merda. Que m'havien esquinçat l'ànima i no hi havia manera que em sortís una crosta. Em vaig passar els darrers anys de la nostra història vagarejant en una somnolència que anava fent que els dies passessin com pàgines avorrides d'un mal assaig. Però el que no sabia és que, en aquest passar els dies en color de gos quan fuig, a la vegada anava fent el dol, anava plorant el que em vaig estalviar de plorar després d'aquell matí de gener que el Lluís em va mirar i jo vaig saber que diria el que no gosava dir jo. Perquè estava acostumada a viure una mentida, des de la mentida. De fet, no va caldre ni que ho digués, un acord no verbal avalat per molts anys d'endevinar-nos l'un a l'altre. Perquè això sí que ho teníem, ens havíem après, i ens havíem anat mesclant fins a avorrir-nos l'un de l'altre i ja no sorprendre'ns, i això va acabar amb la complicitat tan bèstia dels primers anys. I jo, l'hi vaig agrair. Vam fer l'amor uns quants cops més com quan ens havíem estimat roent, i vam deixar-nos anar l'un a l'altre sense retrets.

El nostre entorn se sorprenia que poguéssim ser tan civilitzats, tan adults, tan madurs, tan com una pel·lícula de Woody Allen. Però recordem que en les seves pel·lícules, tard o d'hora, un gir inesperat retorna a la realitat més crua els seus protagonistes, recordant-los la seva vulgaritat. La nostra pel·lícula va durar uns cinc o sis mesos, la selecció natural dels meus records sovint em protegeix i no en tinc un recompte precís. Després de la separació seguíem fent coses junts, com una exemplar família disfuncional. Ens divertia veure la cara de desorientació dels nostres coneguts, que un cop passaven de llarg xiuxiuejaven amb desconcert: però... que no s'havien separat? L'última seqüència feliç del nostre particular migmetratge va ser l'aniversari dels bessons. Una festassa de dos dies amb *paintball*, piscina i l'actuació d'un mag en efervescència creixent. Semblava culminar amb satisfacció el que amb tanta cura i amor havíem esdevingut. L'estocada fatal va arribar l'endemà, en arribar a Barcelona. Havia oblidat de tornar-li unes claus al Lluís, sabia que les necessitava. Vaig anar al seu pis per tornar-les-hi. Meeeeec! «Qui és?» «Lluís, pujo, que tinc les claus del traster de l'àtic». Encara no gosava dir-ne casa meva, perquè durant molt temps seria encara casa nostra. «Ah..., puja», diu amb to d'estupefacció. Pujo al quart pis amb l'ascensor, obro i me'l trobo al replà. «Ostres, eh... Que sàpigues que hi ha una amiga.» Una amiga? Quan ha posat èmfasi en la paraula *amiga*? «Ah... bé, entro?» «Sí, sí, entra...» L'estampa em perfora el cor. Una noia deu anys més jove és al menjador envernissant unes estanteries mentre els meus fills juguen a la Play asseguts al sofà. Una ràbia irracional em prem l'esòfag, però l'he d'aturar en arribar a la boca. Tinc veritables ganes de vomitar, l'odi materialitzat en basques. Un desig de venjança retroactiva que he de frenar. Ara tiraria enrere i li diria, saps què, m'estic follant el Víctor i no ho aturaré, ho seguiré fent. Veure'l allà, alliè al meu dolor, com si res, reconstruint la seva vida, massa d'hora pel meu gust, m'ensorra sota una allau de mentides que tornen malgrat que ja es consideraven liquidades. «Hola, encantada. Marxo, que tinc un sopar» i me'n vaig com si res no m'estigués matant, agafo l'ascensor, i la cua se'm fica entre les cames.

Feia ja què, cinc, sis anys, que el Víctor i jo havíem deixat els vàters de minusvàlids i els meublés amb olor de porno. No ens havia costat gaire, el suflé va baixar de cop després d'aquell viatge a Nova York. Un dia, passejant per Chelsea, ens vam aturar en una formatgeria. I si comprem uns bons formatges i tornem a l'habitació de l'hotel? En un principi la idea semblava més que òptima. Mentre xafardejàvem l'aparador, una clatellada al cor i a l'enteniment. La fotografia que em mostrava el reflex del vidre de l'aparador em va fuetejar amb una vergonya que tallava la respiració. De sobte, un sentit del ridícul em va envair, la col·lecció d'imatges del nostre sexe, sovint maldestre, em va caure com un arxiu de massa megues. Què preteníem amagant-nos i jugant a ser, què?, nòvios?, un matrimoni que havia renunciat a tenir fills per poder seguir mirant-se els melics eternament? Tot plegat una pantomima d'allò més avorrida. L'aparador de formatges em va fer veure que, més enllà de la clandestinitat de lavabos d'hotel, allò nostre no tenia cap mena de manera de sentit de res. I una tristesa em va cobrir de lleugeresa. Em vaig treure un pes que no sabia que m'aclaparava de feia temps. A l'hotel vaig fingir un malestar al més pur estil de la cort francesa de Lluís XVI que vaig allargar fins l'endemà. Els formatges se'ls van menjar l'Ángela María i l'Estefanía aquella nit amb les seves famílies a New Jersey, després d'una llarga jornada de netejar llençols suats i encartonats de l'hotel de Gramercy Park.

A Tòquio vam dormir en habitacions separades.

18

«Tu estàs bé, Dúnia?»

Aquesta pregunta. És una pregunta trampa? No. És una pregunta d'algú que t'aprecia, malgrat tot. Aquest «tot» que tant dolor t'ha deixat. Aquesta pregunta després de sis mesos, una setmana i tres dies sense saber-ne res. Veig la notificació a la pantalla del mòbil i l'estómac em puja de cop i se m'instal·la a la gola. Com a avatar hi té un llapis Staedtler, dels grocs i negres amb la punta de dalt vermella amb una franja blanca, del número dos. El llapis fa de canyeta dins un got de whisky. Al costat, el seu nom amb lletres massa grosses per culpa de la meva presbícia. Mau Roca. Mau de Maurici, tothom li diu Mau, i com a nom artístic em sembla d'allò més encertat. Podria haver estat músic, dissenyador, arquitecte o el que li donés la gana. Amb aquell diminutiu de nom d'avi tenia una bona marca assegurada. L'havia arribat a bloquejar a les xarxes, i no va servir de res. Perquè l'hàbitat endogàmic en què vivíem em recordava això, precisament. Per molt que volgués amagar el cap en un forat com una estruç, fugissera, me l'acabava trobant a l'altra banda del forat. Fins que vaig decidir deixar de defugir-lo. I, un dia, un missatge privat per Instagram. Jo li havia fet un comentari sobre el seu darrer quadre. L'ham enverinat, per a mi, no per a ell. Inaugurava una exposició en una petita galeria emergent situada en una mena de carreró al més pur estil Soho al carrer Muntaner, a prop de l'Hospital Clínic. El pitjor lloc per posar-hi una galeria d'art, probablement. Però ell és així, al final acaba sent més mecenes que artista, i serà ell qui impulsarà la galeria amb la seva obra i no a l'inrevés com ja ha fet tants altres cops. M'hi havien convidat. Sempre estic convidada a aquesta mena d'esdeveniments. Sempre soc a la llista. Però aquest cop no formava part d'un mailing infinit de vips, provenia del seu correu personal. Un petit terratrèmol entre els pulmons em glaça la respiració uns instants. Em recupero. No puc venir, m'encantaria. Menteixo, perquè sí que hi puc anar, però no m'encantaria. Tinc pànic a tenir-lo a prop, tot va arribar massa d'hora després de la ruptura amb el Lluís. Cinc mesos i dos dies després.

«Tu estàs bé, Dúnia?», i llegint-lo sento la seva veu pronunciant el meu nom, fent aquesta pausa que recau en una coma, que emfatitza la pregunta directa. L'interessa realment, oi, saber com estic? Fa tres dies que duc aquestes paraules ressonant-me al cervell, i no sé com dir-li el que li vull dir. Perquè sí que sé què li vull dir, però no l'hi puc dir. Que fa ja sis mesos, una setmana i tres dies que vaig decidir que jo no era per a ell, abans que em pogués dir que ell no era per a mi.

Feia res, cinc mesos i dos dies, que ens havíem separat amb el Lluís, passat el trauma de dir-ho als bessons, que van deixar anar tots els renecs i improperis haguts i per haver. Un cop van entendre, o es van obligar a entendre-ho, que ara viurien en dues cases i que tindrien dues plays i dos *set-up*, i probablement el doble de roba, beneïda frivolitat capitalista, van anar acceptant i acomodant-se a la nova situació. I gràcies a una estimable ajuda, a 150 euros la sessió, d'una psicòloga que els va posar a lloc les emocions que els seus pares els havíem dilapidat.

Feia res, cinc mesos i dos dies, que tot això semblava superat, jo, amb l'autoconvenciment que el meu dol pel Lluís estava superadíssim. Santa innocència. Submergida en una eufòria, que em donava la falsa sensació de renovació i empoderament alliberador. I arriba aquell missatge, també, per les xarxes, un missatge privat. Altre cop, per primer cop. Com seria en el darrer cop. Aquesta vegada era ell que feia un comentari sobre com de guapa estava amb el color de cabells nou. Com moltes altres persones, jo també vaig caure en la vanitat de creure que una nova imatge de mi faria desaparèixer tot allò que havia estat amb el Lluís. Vaig esborrar el meu castany fosc sota un ros blanquinós al més pur estil velvet. «Que guapa que estàs, Duna», seguit de dues emoticones d'ulls en forma de cor i tres emoticones, dues de careta somrient i la tercera de careta picant l'ullet. Ens havíem conegut anys enrere per feina, havia sigut l'il·lustrador oficial d'una campanya de telefonia mòbil molt important, amb qui va signar per tres anys que després van ser més, gràcies a la qual es va poder comprar la casa a quatre vents a Collserola on exercia d'amfitrió exemplar amb vistes espectaculars a la ciutat, envoltat de verd i senglars. Sempre m'havia fascinat la manera irònica i descarada, disfressada d'un fals infantilisme, que tenia de mirar el món. Sempre en la primera línia de l'*underground*, però prou *mainstream* com per poder fundar el seu propi segell editorial, i impulsar així altres joves i prometedors artistes *underground mainstream* a qui, potser, confiar el seu llegat en el futur.

«Que guapa que estàs, Duna». Em sorprenc amb les galtes roents i rient en veu alta al sofà de casa.

Deixo la tassa de cafè a la taula auxiliar. Al principi de conèixer-nos, el seu tarannà d'artista despistat i dislèxic el feia equivocar-se i sempre em deia Duna. Això em feia riure, tants cops que l'havia corregit. Ara ja era un *running gag* que ajudava a trencar el gel després de molt temps de no saber res l'un de l'altra.

«Que guapa que estàs, Duna».

«Hahahaha! Mau, quina il·lusió! Com va? I gràcies per la floreta! (emoticona picant l'ullet) Ja t'ho explicaré...»

Per què? Per què li he dit això? No som amics, mai no ens hem explicat res més enllà de l'àmbit professional, o de saber com estan els nostres fills i parelles, amb qui hem compartit més d'un *vernissage*. Per què ha caigut en desús aquesta paraula?

«I tant, jo també t'he d'explicar coses.»

«Doncs si et sembla un dia d'aquests ho banyem amb un bon cava i unes ostres i alguna bèstia més amb closca (emoticona picant l'ullet i una gamba, per subratllar que només parlo de menja). Adeu, sempre teva, Duna hahaha.»

«(emoticona de cara amb somriure) Et dic alguna cosa la setmana vinent! (emoticona de petó amb cor a la boca)»

Com si res, hem encetat un estadi d'intimitat. Hem pujat un graó en l'escala de la confiança. «Jo també t'he d'explicar coses.» M'agrada que vulgui confiar-me el que ja sé, però que ell potser creu que no sé. Ell també s'ha divorciat. El que no sap és que jo també ho acabo de fer.

19

No he estat la primera militant de la mentida a la meva família. Amb el temps m'he adonat que anteriorment ja n'hi ha hagut fervents practicants, i que ha estat un dels llegats més preuats, a part del mas a Picamoixons, del Ramon Casas i el munt de Saumells amb què l'artista va obsequiar el meu avi. La mentida ha estat vital per a la supervivència i la unió de la meva família, però a la vegada ha esdevingut l'arma letal que ha anat aniquilant cadascun dels seus components. De mentides i maneres de mentir n'hi ha tantes com individus hi ha al món. La mentida viu dins nostre, com en una incubadora, com un predador que espera pacient el moment precís per atacar la seva presa. Com l'àlien que amenaça Sigourney Weaver fent de tinent Ripley. Altres vegades es manifesta accidentalment, com la caiguda fatal per un precipici després d'una estúpida ensopegada. D'altra banda, qui pot sobreviure sense mentir? Quin món coneixeríem sense l'engany? Vargas Llosa mateix, en algun moment de lucidesa, va dir: «Els homes no viuen tan sols de veritats, també els fan falta les mentides: les que s'inventen lliurement, no les que els imposen; les que es presenten com el que són, no les engronsades amb la vestidura de la història. És un dret que hem de defensar sense vergonya. Perquè jugar a dir mentides, tal com hi juguen l'autor d'una ficció i el seu lector, és una manera d'afirmar la sobirania individual i de defensar-la quan està amenaçada; de preservar un espai propi de llibertat, una ciutadella fora del control del poder i de les interferències dels altres, a l'interior de la qual som de veritat els sobirans del nostre destí».

El vuitè manament diu «no diràs falsos testimonis ni mentides». Ho diu al manual de supervivència d'una de les institucions —o la institució, m'atreviria a dir sense posar un dit a Google— més poderoses del món, construïda sobre una gran mentida que se sosté sobre la fe cega dels seus desesperats fidels. La fe mou muntanyes, i grans mentides, també.

Els meus avis eren tots creients, tots quatre. Dels de veritat, d'aquests que van caure en l'engany. Practicants d'anar cada diumenge a missa i d'endur-se els nets amb ells. El meu pare, escudat en l'agnosticisme, s'ho estalviava, però tot i així després s'assegurava que jo hagués escoltat atentament el mossèn i em feia un interrogatori exhaustiu sobre què havia entès del sermó. Mai no vaig entendre que, si tan interessat hi estava, per què no era ell qui hi anava. Però com a filla obedient i modèlica, davant l'exasperant expectativa, jo clavava ulls i orelles en el mossèn, intentava entendre què deia, m'hi esforçava. Però aquella prosòdia desmenjada i la seva reverberació feien que els meus pensaments viressin inevitablement cap als caps blancs amb olor de talc, laca i Myrurgia dels bancs de la primera fila. Sota aquelles tofes meticulosament esculpides cada divendres a la tarda, fins al divendres següent, s'hi erigien devotes fervents que s'aferraven a la litúrgia com un nadó moribund amb els ulls colrats de mosques i lleganyes s'aferra a la mamella allargassada i buida de la mare. Jo anhelava aquella devoció, fe cega en deien. Com totes les fes. Qui en conegui una que hi vegi, que tiri la primera pedra.

El camí de la parròquia a casa els avis, on m'esperava l'examen de cada diumenge, es feia feixuc. Amb l'afegit de la pròpia nostàlgia i tristor que comportava el setè dia. Quin pal els diumenges, que desgraciats. Que desgraciada que em feien sentir. A aquella hora, el diumenge era més fosc que la resta dels dies de la setmana, i més fred i humit. Nervis en entrar al menjador, amb olor de llar de foc —els meus iaios en tenien, de llar de foc, hipnòtica i reconfortant.

El crec-crec de la fusta consumint-se. Una barreja d'olor de brasa amb gotes de conyac i l'aroma dels puros. El meu iaio, assegut amb els ulls buits a la butaca orellera, submergit en la letargia. El pare, remenant el conyac amb una coreografia circular i, al costat, el tiet, que anava fent pipades mentre veien el resum de la cursa de motos que ja havien vist al matí.

—Què, Dúnia, què n'has entès, del sermó?

Els primers cops intentava reproduir meticulosament les paraules del capellà, però, en vista que no contrastava la informació, em vaig anar relaxant i m'ho acabava inventant. Mentia confiadament sobre les mentides que el mossèn anava pregonant. Em quedava amb quatre detalls que aportessin versemblança al meu relat. Ha dit Pau, Mateu, i aleshores digué... O hagué dit, el passat simple o passat anterior simple del verb dir, no en passat perifràstic, que seria el més natural. I després, la resta en imperatiu, imperatiu dictatorial, com el mossèn.

—Avui ha explicat una història.

—Paràbola, Dúnia, es diu paràbola. A veure si se't fica al cap!

—Sí, ai, sí, no me'n recordava. —Ni me'n recordaré perquè no m'interessa—. Una paràbola, d'un fill pro... prodigi. Això!

Sospir del pare i riallada del tiet, que va fer riure el iaio.

—Dúnia, del fill pròdig.

—Això!

Aquí se'm van trencar tots els esquemes. No havia entès res, potser? Per mi, aquell germà petit era un prodigi de nen. Havia fet el que li havia rotat. Pare, n'estic tip, dona'm la pasta que em pertoca, que me la fondré i després ja vindré a fer el ploramiques. Un mestre que a sobre n'havia sortit indemne i triomfal. Jo n'hi hauria dit «La del germà pròdig i que té un morro que se'l trepitja». No anava tan errada. El subconscient a vegades ens aporta les paraules adequades. Hi pensava sovint, en aquesta paràbola, coneguda també com «la del pare misericordiós». Amb els anys, vaig entendre que es tractava d'això. Fes el que més et convingui, que si ho fas amb convicció i amb seguretat, sempre hi haurà un pare misericordiós amb fe cega, en tu, que et perdonarà.

20

Ara el Lluís i jo tenim una bona relació. Tan bona que fins i tot fa pensar que podríem arreglar-ho. Desperta la nostàlgia, sempre mentidera. Com pot arribar a distorsionar tant, el record? Funciona com una gran presa d'aigua on anem abocant la nostra fantasia, allò que va ser, diluït en el que hauria pogut ser o hauríem volgut que fos, fins que ho arribem a confondre. La demència del record. La nostàlgia sovint té Alzheimer. Fins que les comportes del dic es trenquen de cop, decapitant la il·lusió tan necessitada d'ella mateixa.

Em marca com l'amo al gos. Un xtt!, sit!, quiet!, calla!, no bordis! I, de cop, et retorna a la realitat de l'estàs sola, te'n recordes?

Tornar-me mentidera no ha estat sinó una tàctica de supervivència, m'havia de protegir, i la millor arma era usar la que usaven els altres, encara que la detestés. Detestes rebre un tret encara que n'hagis de disparar uns quants. La llei del més fort, el depredador que no vol ser presa i, per tant, també ha de mossegar per matar.

Detesto mentir com detesto que em menteixin. Però ja vaig provar allò de no facis el que no t'agradaria que et fessin, com repeteixo constantment als bessons. I em va deixar molt mal ferida.

El mòbil em recorda que tal dia com avui jugàveu a la felicitat. Una foto del Lluís amb els bessons, mirant al mar des de les coves d'en Xiroi. El Lluís, protegint-los a ells i vull pensar que a nosaltres. El nosaltres dos i els nosaltres quatre. Els agafa suaument per la cintura perquè no s'abalancin per la barana. Sento tanta pena. De la que s'enfonsa al pit i t'hi deixa un esvoranc que et sembla que no podràs tornar a omplir mai.

Sento pena perquè recordo que en aquell moment era aliena a la seva mentida, va ser després d'aquell viatge que vaig descobrir els missatges de la Ru. «Migdiada *time*», el missatge que va dilapidar una felicitat que jo creia real. La que havia marcat la pausa, potser la definitiva, per les nostres mentides. I el cronòmetre es va tornar a posar a zero. Set anys i mig a punt per a la detonació.

21

Des de la finestreta de l'avió, recordo que de petita m'agradava dibuixar paisatges des de dalt. Dibuixos des de dalt, en deia. Cultius amb totes les seves minucioses ratlles de colors, verds amb verds, marrons amb més marrons. Beix per fer el de blat, amb petits puntets grocs. Teulades vermelles, piscines quadrades o en forma de ronyó. Carreteres fent llaços. Des de dalt, veig un meandre. Els meus rius sempre eren meandres. Estava cofoia d'haver après aquella paraula, com altiplà, gorga o falla.

Travessem una zona de turbulències. Viatjo sola i faig veure que no m'espanto, però les mans em comencen a suar, i el bigoti també. Sort en tinc, de la mascareta. M'aferro absurdament al reposabraços, com si això pogués dominar els sotracs de l'avió. Tenso els glutis i els bessons i trepitjo fort el terra amb les puntes del peu fent *relevé* com una ballarina. Com si això també pogués controlar els sotracs de l'avió. Acabo fent el que fa tothom, buscar la mirada de les hostesses. Seuen tranquil·les mirant al buit pensant on aniran a sopar mentre fan escala entre Roma i Singapur, o fan cara de resar un parenostre com a darrera oportunitat i penediment per entrar al regne dels eterns?

No en trec cap conclusió, estan entrenades per fingir, per mentir sota un somriure permanent, com si els haguessin injectat toxines botulíniques barrejades amb endorfines, dopamina, paroxetina i oxitocina, tot junt al bell mig del cervell.

He quedat per sopar amb el Mau només arribar a Barcelona. Aterro amb la il·lusió que s'ha recordat del meu aniversari. Et recullo a l'agència, em diu per WhatsApp, no cal, li dic jo, sí, dona, que deus estar cansada. Em regala un poemari preciós, parla de l'amor i la mort, i del dol. Estàs molt guapa, no sembla que n'hagis fet quaranta-sis. M'afalaga que m'ho digui. Soc feminista, però no idiota. Sopem, ens agafem de les mans. Li dic que he descobert que el Lluís té nòvia. Més jove i més idiota, això no l'hi dic. Ell agafa l'avinentesa a la primera i m'explica que s'ha enamorat d'una hostessa de vol, vint anys més jove. Vint anys més ingènua, vint anys més previsible, vint anys més idiota.

Amb els anys, ens tornem menys predictibles,

perdem la por, la vergonya, els principis. I això ens fa més lliures. Això fa por. Ell, com el Lluís, han acomplert el clixé, decebedorament.

A mi, les hostesses no m'han agradat mai, precisament per la seva mediocre manera de mentir, de fingir simpatia, cordialitat i seguretat. Sempre amb aquest aire de superioritat, d'abús de poder, com de guarda de supermercat.

He observat l'hostessa fent la demostració de seguretat, no he pogut deixar de mirar-la malgrat que em sé de memòria com es posa un *seatbelt*, i un *life jacket*. Podria repetir la coreografia infinitament, com una ballarina de la Pina Bausch. M'imagino l'hostessa del Mau. Sense rostre, nua, davant del llit que tantes nits m'havia embolcallat, fent-li la coreografia, mentre ell la dibuixa i la ruixa amb el suc del seu penis que, al seu torn, ha anat creixent al ritme de la dansa. Li diu t'estimo, no vull que marxis, mai.

El Mau ha estat el meu refugi des que el que havíem construït el Lluís i jo es va acabar d'esfondrar, malgrat les nombroses rehabilitacions o intents de. Cinc mesos i dos dies després de la fi amb el Lluís, bé, i una setmana més, quedem en un restaurant on serveixen les millors ostres de Barcelona i ho remullem amb cava, amb una complicitat que a l'inici és forçada i tenyida de vergonya però que les hores i l'alcohol ajuden a destensar. Al cap d'una hora m'ho faig venir bé perquè acabem tastant-nos dins del meu llit. El llit incorrupte per mi. Malauradament, no per al Lluís.

Quin goig lliscar per un altre cos. Redescobrir el gaudi. Llepar amb fam i ganes d'embafar-me i seguir llepant per seguir l'embafada. No dormir per culpa del sexe és el millor no despertar. Vam decidir que ho seguiríem fent tot al llarg del que durés el miratge. Em semblava increïble una recuperació tan ràpida.

Tot i així, la sensació que els dies eren el que anava passant entre trobada i trobada em ressonava lleugerament a patiments passats. Sempre era jo qui feia el primer pas. Les hores, o bé dies, o setmanes, es mesuraven entre trobada i trobada. Tot tenyit d'un mateix transparent brut gairebé opac. Ni les estones amb els meus fills eren prou entretingudes per destruir aquesta mesura del temps, estranya i culpable.

Això mateix va ser el que va fer emmalaltir l'àvia Pepita. Les hores que passava a la barreteria, les llargues jornades de treball, la seva vida, es mesuraven entre aparició i aparició de l'Eulàlia, la senyoreta Recasens, ben aviat senyora Teixidó, dels Teixidó de tota la vida. I allà, la seva llum es va començar a fer cada cop més petita, fins que la va anar ofegant a poc a poc, dia a dia, en la seva pena.

22

A la barreteria hi va entrar a treballar amb setze anys. En coneixia tots els racons i detalls, fins el més ínfim i aparentment insignificant. Sabia de memòria, millor que les lliçons de l'escola, on es desava cada cosa. L'havien criat rere aquells taulells. Sabia que el seu pare, fundador del negoci, un dels més apreciats i pròspers de la capital de comarca, tenia la mania de desar els fils per ordre alfabètic, no cromàtic, cosa que desconcertava totes les cosidores i aprenentes que havien anat passant per allà. Totes intentaven canviar el sistema de classificació, ja que per a elles allò era un desgavell i una atrocitat en nom de l'estètica i l'ortodòxia. El que no sabien és que l'amo era daltònic, per això s'havia estalviat lluitar al front. Ell, però, deia, i s'ho inventava, que era perquè havia sofert un accident durant el servei militar, un que gairebé el mata, i per això el règim considerava que ja havia complert amb el seu deure patriòtic. Però en realitat és que, un cop descobert el seu defecte, va ser declarat inútil, i ell ho va adornar amb una mica més d'èpica per no deshonrar la seva homenia.

El que més li agradava a la Pepita eren els calaixos farcits de capsetes amb tot de peces de bijuteria per confeccionar els fermalls i les agulles, els que decoraven els barrets com a cirereta del pastís. Li fascinava que amb un retall de tul, unes plomes de faisà, paó o pit-roig, de guatlla o fins i tot de colom, una agulla coronada amb una perla o un diamant fet de cristall, fes les delícies de les senyores més elegants i riques de la ciutat. Una nena que va créixer envoltada de bellesa i bon gust en un temps en què la majoria dels coetanis passaven les penúries més cruels. Ells, gana i misèria. Ella, olor d'ambre, olor de roses.

Tenia els ulls avesats a rostres emblanquinats i lluents per les pólvores d'un tal Max Factor. Llavis amb rubor i galtes enrojolades. Dones amb les celles fines que semblaven pintades amb pinzell. Vestien a l'última moda, deien. N'hi havia una que deia que es confeccionava la roba amb patrons de dissenys d'una tal Coco Chanel, que era molt famosa a París. Sempre que la veia marxar de la botiga, el seu pare remugava «poll ressuscitat». Era filla d'un arreplegat que havia fet fortuna cosint uniformes tant per als falangistes com per als republicans. En el fons, el que l'emprenyava era no haver ensopegat ell amb la mateixa idea i, per tant, haver tingut la mateixa sort. Tot i que es va arribar a plantejar la confecció de gorres per als oficials, coronels, capitans i tota la patuleia. Tenia les teles, les motllures, els embellidors, betes, cintes i cordons dels colors dels dos bàndols. Però una absurda integritat li va fer foragitar la pensada. Va preferir moure's en el terreny de la frivolitat.

Sempre he cregut que la frivolitat és una gran aliada. No entenc per què la gent se n'avergonyeix i la critica. La frivolitat va ser, durant molt temps, el salvavides de la Pepita. De la meva mare també i, com no podia ser d'altra manera, el meu també.

Els colors, les sedes i els lluentons. Les bones olors de perfums cars, i excessivament dolços, les rialles per temes banals, els safareigs i xafarderies, el calla que et sentirà, els somriures per sota el nas. Els sabies que, els diuen que. Tot això conformava un paisatge de seguretat sota el qual es perpetuaven múltiples vides angoixades per matrimonis convinguts. Somiadores infelices atrapades en els seus anhels. Sort en tenien, d'aquests moments, a ca la Pepita. Perquè la barreteria Sombrerería Aguiló havia passat a ser ca la Pepita. Havia esdevingut un club social, una mena de saló de te, de confessions i confidències, refugi de tanta infelicitat i soledat.

Als disset anys, la Pepita ja era tota una experta barretaire, i les clientes, cada cop més, es refiaven del seu bon gust. Ho feien perquè era dona i jove, i, segons elles, amb idees més atrevides i modernes seguint les noves tendències, cada cop més allunyades del conservadorisme del seu pare, molt més auster i prudent. Als disset anys, la Pepita va conèixer el qui seria el seu home i també l'amor de la seva vida, per separat.

Tots dos, clients de la botiga. Ell, deu anys més gran que la meva àvia. Ben plantat, molt elegant, ben bé semblava un actor de cinema, tant podria haver fet de galant com de cap de la banda de gàngsters. O això em semblava a mi mirant les seves fotos, amb aquells trajos ratllats, amb americanes d'espatlles amples amb muscleres, cintura més aviat de tall estret i barret fedora d'ala ampla. Un home amb unes habilitats socials que li van obrir moltes portes, i molts llits també. De seguida que va haver travessat el llindar, la campaneta va dringar, i el *match* fou a primera vista. Aquella noia de mans fines, pell transparent, llavis gairebé morats i malucs robustos, que dissimulaven una cintura massa ampla pel que era la bellesa normativa del moment. El seu somriure de dents blanques, com fetes expressament, el va enlluernar. El saber estar, i aquell bon gust i criteri en allò estètic. Era el complement perfecte, millor que el millor dels barrets. Sis mesos més tard, ja estaven promesos i, al cap de tres, correcuita a casar-se abans que ningú pogués notar res.

23

Contra tot pronòstic, la sirena s'ha ofegat. Rebo una trucada, a la pantalla «Íria». És la meva germana, que mai no em truca, exceptuant aniversaris i desgràcies. I avui ningú fa anys, que jo recordi. A la família, tots celebrem els aniversaris entre la tardor i la primavera, i avui és setze d'agost.

Contra tot pronòstic la meva mare ha mort abans que el meu pare. El curs lògic dels esdeveniments havia de ser que la tristesa i l'ictus acabés amb el seu patiment, però la tristesa i l'ictus han pogut amb el de la meva mare. La cuidadora que no es cuida prou, la cuidadora que no és prou cuidada perquè hi ha un malalt que l'eclipsa. Els crits d'auxili constants, els cants de la sirena, i nosaltres com Ulisses aferrats a la quilla. No ens farà flaquejar, no hi caurem pas. Fa que es queixa tota la vida. El conte del pastor i del llop. I la sensació que el llop hem estat nosaltres.

—Dúnia? —entre sanglotades la meva germana intenta dir el meu nom.

—Íria, no t'entenc, què passa? El papà està bé?

—La mamà, Dúnia, la mamà. L'estan reanimant! Ha vingut l'ambulància i...

—Com? Íria! Què ha passat? —començo a plorar desesperadament.

—No ho sé, m'han trucat els veïns —sanglota amb força—. L'ha trobat el senyor Joan a la piscina. Estan intentant reanimar-la. Dúnia, que s'ha mort. La mamà s'ha mort.

I així, un matí d'agost, la sirena no ha pogut respirar sota l'aigua. L'informe forense parla de *muerte por ahogo*. Més endavant, l'autòpsia dirà que hi ha hagut una aturada cardíaca, però també la ingesta de tranquil·litzants i lorazepan. Això ho dic jo, no l'autòpsia, i alcohol en sang, prou per perdre tots els punts del carnet de conduir, i fer-ho de cop. La sirena es va anestesiar, no crec que es volgués ofegar, només volia descansar una mica, aturar el temps unes hores. Però el temps, si s'atura, ho fa per sempre, no hi ha treva.

Els pilars que sostenen la meva vida han anat caient, un dol rere l'altre en efecte dominó. Ja ho diuen, ja, que les desgràcies no arriben mai soles. Dites de tieta reservades per a gent de poble, gent que creu en les rondalles. Dúnia, estúpida, esnob i pretensiosa...

24

Els bessons són amb el Lluís, de vacances, són els seus quinze dies. Crec que han anat a Lisboa, on sempre deia que m'hi havia de portar. Dúnia, és que t'encantarà, perquè és bonic i nostàlgic alhora, i vull que hi follem. Però s'ha estimat més anar-hi amb els nens i l'Estanterietes, així és com es diu la nova. Totes han tingut un sobrenom. La ràbia, emoció inútil com cap altra, sempre ha fet que els seus noms em siguin impronunciables. La Ru, que va ser la primera, es va dir la Innombrable, poc original, ho reconec. N'hi va haver una altra, que la vaig descobrir perquè una foto que li va enviar va anar a parar directament a la galeria de fotos de l'iPad dels nens. Qui és aquesta, mama? I, a la foto, una dona en banyador aferrada a una zòdiac, traient mig cos d'unes aigües turqueses i amb un peuet en punta, del que semblava ser Menorca o potser Croàcia, ves a saber. La Barquetes, vaig dir als nens. Em va sortir així, com si res. Una amiga del papa que ven barques. I així va quedar batejada.

L'Estanterietes es diu com una de les meves millors amigues. «Dúnia, crec que el Lluís en deu tenir una de nova, tinc trucades seves a la una de la matinada.» Tan sapastre, o insensible, com sempre, deixant rastre com un cargol. La nova es diu igual que ella i el Lluís va confondre els telèfons durant setmanes. Fins que la meva amiga li va etzibar un mecagoncony, i que fes el favor de deixar d'emprenyar-la, que parés atenció a qui trucava.

L'Estanterietes neix el dia que la vaig veure al menjador de casa seva, la del Lluís, envernissant unes estanteries. Bé, les lleixes del que acabarien sent unes estanteries, mentre els meus fills jugaven a la Play. El diminutiu l'utilitzo per distanciar-me'n. És un recurs que faig servir per pal·liar el dolor a través d'una ironia ridícula, que l'única cosa que aconsegueix és arrencar el somriure dels meus amics mentre jo crido i ploro per dintre, altre cop fruit de la ràbia, sempre inoperativa, que em rosega per dins.

Però em temo que l'Estanterietes es convertirà en Estanteria o Moble de Menjador directament. És la primera que s'endú de vacances, que coneixen els nens i la meva sogra —les sogres mai són ex, com els marits. Ell, que volia estar sol, deia. I és clar, era una de les moltes mentides que em va deixar anar. Que es va dir. Si és cert que hi havia algun esqueix de versemblança en el que em va fer saber el dia que m'ho va comunicar, pobre, s'estava enganyant com mai. El Lluís no en sap, d'estar sol. Necessita la constant adulació de qui l'estima, i no entén que estimar-lo no és estar adulant-lo constantment.

Això és una de les raons que van fer que deixés d'estimar-me. Ara que ja em tens, ja no em cuides, no em prestes atenció, eufemisme de ja no m'admires, ja no m'adules. Jo l'estimava i l'admirava, fins i tot en secret l'adulava. Tot i les infidelitats maldestres, les seves i la meva, fèiem un bon equip, tots quatre érem un bon equip.

Els cinc-cents setze quilòmetres que separen Barcelona de Sant Sebastià van ser la distància que li va caldre per dir-me que ja no podia més. Aquelles cinc hores i quaranta-un minuts van ser les darreres que vam passar junts com a parella. Les hores que havien d'arribar, a partir de llavors, les volia transitar sol.

No sé com vam anar a parar fins allà, suposo que perquè vam topar amb el mar. Fred, agrest i violent com la nostra relació. Havíem exercit massa la violència, ens havíem fet massa mal. Tot i així, ho havíem anat sostenint per amor als quatre, al nostre equip.

El vaig trobar assegut a la taula del menjador, amb la mirada perduda i els ulls espurnejants amb un bolígraf rosegat a les mans, i res apuntat en un paper.

«Lluís, què et passa?» «M'ofego, agafem el cotxe.» Jo, obedient, sense demanar explicacions, vaig agafar l'anorac, una ampolla metàl·lica plena d'aigua filtrada, una bossa de fruita seca, unes patates mediterrànies *al toque de pimienta* i un parell de llaunes de cervesa. No sé d'on em va sortir aquella intuïció i assertivitat que s'acostaven unes hores llargues per endavant. «On anem?» «No ho sé, lluny d'aquí.» L'aire certament era irrespirable, i ja en feia massa temps, però ens hi havíem acostumat. Apnea rere apnea. Acabàvem d'acomiadar els nens, eren amb els avis, els pares del Lluís, a la parcel·la que tenien a Sant Feliu. Hi havien anat aquell mateix matí. S'hi estarien tot el cap de setmana. Van marxar d'una llar que creien estable i acollidora, que navegava com un transatlàntic a velocitat de creuer, per tornar al que serien les despulles del Titànic.

Vam agafar el cotxe a quarts de dotze del matí. La primera hora en un silenci que, lluny de ser esfereïdor, crec que va ser l'avantsala perfecta per poder començar a respirar, i parlar. Arriba un whatsapp al mòbil: una foto dels nens menjant els macarrons de l'àvia. Saber que tenim els cadells a recer oxigena l'ambient. Diuen que ara miren una pel·li, un *spaghetti western*. Segur que l'avi els ha posat *El bueno, el feo y el malo*. Després t'ensenyo la foto, pobrets, que contents que estan. Pobrets, he dit. Perquè, de nou, la meva intuïció vaticina la catàstrofe inevitable. Que el dia que arribin els haurem de dir que el papa i la mama ja no són nòvios, que s'estimen molt, però que ja no volen ser nòvios, que és millor que segueixin com a amics. Que la família no es trenca, es transforma. Que ells són el més important, que sobretot, sobretot!, allò no és culpa seva. Que millor així que seguir sentint discutir els pares. I tot un reguitzell de tòpics que l'efecte que van causar immediatament van ser els plors i la ràbia de dues animetes esmicolades. Llàgrimes i crits, i paraulotes i un got trencat. Després de la tempesta, la seva mirada. La seva mirada clavada al no-res amb uns ulls d'adult que glaçava la sang. El pes de la vida, de la realitat de la vida, els va caure de cop com una enclusa de mil tones, esclafant-los la felicitat que a poc a poc anirien suplint a cop de capricis com ordinadors i play stations per duplicat. Dues cases, doble ració de tot.

Durant el trajecte gairebé no vam obrir boca. El Lluís havia activat el pilot automàtic. Només vam fer una parada per omplir el dipòsit i fer un pipi. Ni tan sols vam fer canvi de pilot. Ell conduïa, per inèrcia. El mar ens va a fer aturar. Vam trobar habitació ben bé al barri vell, un lloc amb habitacions modernes dins un edifici històric, així ho indicaven al web. Habitaciones 32 de Agosto, a tocar de La Cuchara de San Telmo. Una de les nostres tabernes preferides, i la de mig món. Allà, durant una hora i escaig, que és el que vam trigar a engolir les delicatessen fetes pintxos de la taberna, l'atmosfera es va relaxar. Els records d'una escapada que vam fer junts per primera vegada, quinze anys enrere, ens van fer d'aixopluc. Les anècdotes no paraven de brollar: els intents de fer surf, les dolces ressaques que guaríem a base d'hores de sexe mandrós però gustós, descobrir les cocotxes, arribar a Barcelona i comprar gots de zuritos, aquella botiga de segona mà. Te'n recordes d'on em vaig comprar un abric d'astracan verd, que soc incapaç de desprendre-me'n malgrat que acumula pols a l'armari? Perquè als armaris també hi entra la pols. Vam fer baixar el menjar pels carrerons infestats de gent, una albirada a la Concha, i cap al 32 de Agosto, on l'aire es va tornar a contracturar.

—Anem a dormir?

Quin gust, llençols nets amb olor de bugaderia, llits tan ben fets que per ficar-t'hi necessitaries el gat d'aixecar rodes, sentir la pell nua lliscant sota el cotó blanc.

—Anem a dormir? Ens endurem els sabonets, eh! Són de l'Occitane. M'encanta l'Occitane.

—Dúnia, no puc més, vull que ens separem.

El cor em baixa a l'estómac travessant el diafragma, que se m'ha tensat de tal manera que em sento el cos dividit en dos, de cintura en avall flàccida com si els ossos se m'haguessin tornat de seda, de cintura en amunt, ciment, formigó, sutge. I encabat, com es respirava? Sento les pulsacions fins i tot a les ungles i, de cop, igual que el plor d'un nadó acabat de néixer que per fi respira per primera vegada, un patiment que m'alleuja, tot i que les ferides em couen. S'acabaran guarint, ara sí, al final es curaran.

25

Cerco «dol» al DIEC.

1 m. [LC] Aflicció causada per la mort d'una persona estimada i, en general, per una gran desgràcia. *Mai no havíem vist un dol com el d'aquells xicots quan morí llur germà. Aquell temporal va causar un dia de dol a Badalona. La porta mig tancada en senyal de dol. Els sembrats estaven perduts: feia dol de veure'ls.*

2 m. [LC] Senyal exterior d'aquesta aflicció en el vestit, en els paraments, etc. *Anar vestit de dol. Portar dol per la mort d'algú, portar dol d'algú. —De qui portes dol? —Del meu pare. Vestir-se de dol, posar-se de dol per la mort d'algú. Vestits de dol. Portar un dol rigorós, portar mig dol. Cortinatges de dol.*

3 m. [LC] Seguici fúnebre. *Acomiadar el dol a la porta del cementiri. Presidir el dol.*

No sento aflicció, i he perdut una persona estimada. Una no, tres. Hi compto també el meu pare. Ell ja no és el pare que tenia. He perdut la persona que era, perquè ara n'és una altra, encara que també me l'estimi, aquesta altra. El Lluís, també l'he perdut. Va morir a Sant Sebastià, després de fer l'amor potser per darrer cop, o per primera vegada, segons com es miri. N'hi hauria més però a mode d'epitafi mal escrit. Llavors va néixer el nou Lluís, o el Lluís veritable? El va parir allà mateix, el va alliberar d'estar al meu costat i poder córrer als braços de l'Estanterietes, o de la Innombrable, la Barquetes o la Quisigui. Se suposa que ara ja no és cosa meva.

I la sirena que reposa al fons del mar.

Va voler que llencéssim les seves cendres al mar. Vam triar una urna ecològica, feta de sal blanca amb unes petxinetes esculpides. Semblava més un recipient de sals de bany, un *pongo* que ella mateixa hauria pogut comprar en una botiga de parament per a la llar, que una urna funerària.

Vam quedar amb el millor amic del pare, que té un petit veler. Era el primer cop en anys que altra vegada ens reuníem tota la família a prop del mar. Amb un altaveu que vam connectar al mòbil amb el Bluetooth, vam buscar «Garota de Ipanema» a l'Spotify, i el pare, entre sanglotades, va anar escampant les restes de la seva sirena que ara salpebrarien el mar, amanint-lo amb ella per tota l'eternitat. Tal com ens ho havia demanat. «A mi que em cremin i em llenceu al mar.» Tan poc original dit per hom desconegut, tan especial dit per hom estimat.

Però no sento aflicció. Sento ràbia. Sento desprotecció. Sento angúnia, desconsol, vertigen. El desequilibri també es pot sentir? Sento dolor, cremor, tremolor. Tinc l'ànima destemperada.

Cerco fases del dol a Google.

«Dol, fases». Diu que n'hi a cinc.

Negació. *La negació és un mecanisme de defensa provisional que permet esmorteir el dolor de la mort d'algun individu proper. En aquesta etapa la persona nega la pèrdua que s'ha produït. Exemples d'alguns dels pensaments que tenen les persones en aquesta fase serien «em sento bé» o «no m'està passant a mi».*

Llegeixo això, i ja anem malament. No em sento bé. Em sento culpable, culpable de sentir-me bé, de no sentir res. I tinc claríssim que tot plegat és a mi a qui li està passant.

Ira. *Després d'un temps en la fase de negació, l'individu comprèn que no pot seguir passant per alt el que és evident. L'individu sap que la negació no es pot perllongar més temps. Per aquest motiu, passa a ser conscient de la realitat, però ho fa amb sentiments de ràbia i còlera pel que ha passat. En aquesta etapa l'individu sent ira i ressentiment perquè creu que el que ha passat és injust i per això escampa el seu enuig en totes direccions.*

No sento còlera ni ràbia pel que ha passat. Sento còlera i ràbia cap a mi, per no haver escoltat prou la meva mare, per haver après a ser com ella, per sentir-me culpable de pensar així, per pensar així. Perquè crec que el Lluís va marxar per tot això.

Negociació. *Davant la dificultat de superar la difícil realitat, amb l'afegit del sentiment d'ira, els individus intenten arribar a un acord per superar la vivència traumàtica. Quan es dona la pèrdua d'un ésser estimat els individus intenten negociar, habitualment amb un poder superior (per exemple, Déu), per poder seguir la seva vida amb normalitat.*

Déu no existeix. No hi ha negociació.

Depressió. *En aquesta quarta etapa del procés de dol la persona entén que el que ha passat no es pot canviar de cap manera. Es tracta d'un període de temps en què la persona pateix una tristesa profunda. Això no obstant, és un període transitori i previ a l'acceptació de la realitat, i per això és imprescindible que l'individu passi per aquesta fase. A més, és important tenir en compte que en aquesta etapa pot ser contraproduent intentar animar la persona o intentar que vegi les coses de manera positiva. Això seria absurd, ja que si està trist és perquè comença a acceptar que la pèrdua que s'ha produït és real. Els pensaments que poden aparèixer en la ment de la persona quan passa per aquesta etapa poden ser «estic tan trist que no vull fer res», «el trobo tant a faltar que no té sentit fer res més» o en el cas d'alguna malaltia terminal «moriré de totes maneres, per què hi he de fer alguna cosa?».*

Aquesta és l'única que m'agrada.

Acceptació. *Si els individus han pogut expressar els seus sentiments en les etapes anteriors contemplaran aquesta nova etapa amb molta pau i tranquil·litat. És important no confondre aquesta fase com un període de felicitat, ja que habitualment els individus que* *es troben en aquest moment no solen mostrar sentiments (ni positius ni negatius). Es tracta d'una etapa en la qual la vida es va imposant i l'individu va tornant lentament a la rutina.*

Necessito un refugi. Agafo el telèfon i truco a l'Eloi.

26

El primer cop que va entrar l'Eulàlia Recasens, futura senyora Teixidó (maleïts siguin, el senyor Teixidó i tots els senyors), la Pepita va quedar absolutament enlluernada. Fascinada per aquell caminar dolç, el repicar del talons com picarols, d'aquelles sabates de pell suau, com la seva. Segur que la seva ho era encara més, de suau. Els turmells, un pèl massa prims, segur que eren els responsables d'aquell caminar gràcil. Enfilant la mirada, els bessons folrats d'unes fines mitges de seda. Segur que tenia uns genolls exageradament punxeguts, els colzes els hi tenia. Si tens els colzes massa punxeguts, els genolls també, pura proporció àuria. Un vestit color blau aiguamarina, de faldilles prisades, coronades per un cinturó amb la sivella folrada del mateix teixit. Una mescla de viscosa i seda, acabada d'arribar d'Anglaterra. La part de dalt esculpia uns pits menuts i unes espatlles rectes, anguloses. A l'esquena una renglera de botons, rodons com anissos petits, recorrien el vestit de dalt a baix. Se'ls hauria cruspit un per un per desbotonar-la i treure-li el viso després. L'hauria deixat nua, només amb el collaret de perles posat, i les arracades. Hauria agafat un casquet fet de palla recobert d'un tul turquesa clar, guarnit amb unes flors, uns petits lilàs i unes plomes de paó i guatlla. L'hauria estirat amb molta cura al taulell de tallar teles, hauria obert el calaix de les betes i, amb un llaç vermell de sang, li hauria recorregut tots els racons del cos. Cada dimarts a la tarda, el mateix pensament la feia enrojolar i entrar a la rebotiga a refugiar-se del seu propi rubor. Havia pensat a confessar-se però, què en pensaria, el mossèn? I si era un pecat tan gros tenir aquests pensaments que se saltava el secret de confessió i l'hi explicava tot al seu pare? I d'altra banda, com podia ser pecat sentir una cosa tan forta i preciosa, que li reomplia l'esperit i el cor un cop a la setmana. Quin gaudi aixecar la persiana els dimarts a la tarda. Ja obro jo, pare, vostè descansi. Allargui la migdiada que jo, l'Àgata —la dependenta— i la Rosalita —l'aprenenta— ja farem.

El pas del temps —com sempre fa el temps, és una de les coses que ha de fer— va apaivagar els fogots de la Pepita. Almenys va ajudar a dissimular-los, perquè l'amor que sentia per l'Eulàlia era cada cop més gran i roent. Com roent era la cremor que sentia en pensar que allò mai, mai, mai s'esdevindria. No la tindria mai, sobre el taulell de tallar teles.

Els dimarts van seguir arribant. Totes dues es van casar. L'Eulàlia amb el senyor Teixidó i la Pepita amb el meu avi.

De seguida que es van conèixer, ella s'hi va aferrar, com un heroïnòman a la metadona. S'hi va llençar de cap sense pensar-s'hi. Quan ell la llepava i grapejava, pensava sense voler —i, amb el temps, volent— que aquella saliva i aquells dits eren de l'Eulàlia. Aviat la cosa es va apaivagar amb el casament a correcuita i el naixement de la meva mare. A partir d'aleshores, les trobades nocturnes i les arrambades fortuïtes i a contracor van anar dilatant-se, distanciant-se cada cop més. Per a la Pepita, en un principi va ser un descans, ja prou en tenia amb no dormir per la criança de la meva mare. Agafa una dida, li deia la seva sogra, però això hauria comportat estar de nou disponible, i de cap de les maneres volia tornar a la rutina i els deures maritals. Tot plegat va fer que de seguida el meu avi, com feien la majoria d'homes de la seva generació, anés a desfogar-se fora de casa. Era sabut, i secretament consentit. A ella ja li estava bé. Tenia totes les parcel·les cobertes. Només enyorava la barreteria, els dimarts a la barreteria. Hi volia tornar.

—Que t'has begut l'enteniment? Ara ja no et cal treballar.

—Però la nena es pot quedar amb la teva mare. Només a les tardes, de moment.

L'Eulàlia mai no hi anava, als matins.

—Una criatura ha d'estar amb la seva mare. Si no hi hagués més remei! No et falta de res, no cal que treballis. No vull que treballis. I no se'n parli més.

I, a partir d'aquí, ja no va decidir mai més per ella mateixa. Va delegar les decisions a qui se suposava que les havia de prendre. Ja fos el meu avi, ja fos la seva sogra. Per què haver d'assumir la responsabilitat de decidir si podia desprendre's d'aquella càrrega? Ja faria per trobar-se amb l'Eulàlia. De fet, des que les dues eren casades, havien assolit el mateix estatus fruit de dos matrimonis fructífers que les va deixar entrar per la porta gran a la petita burgesia del moment, a qui el règim en certa manera anava protegint. Totes dues acabaven de tenir una criatura, fer-se la trobadissa era fàcil. La ciutat era petita, i els llocs a freqüentar es podien comptar amb els dits d'una mà.

I així fou com els dimarts van passar també a ser dilluns, dimecres, dijous i divendres.

I així va ser com la meva àvia va trobar, en certa manera, una mica de felicitat. Les dues dones van anar forjant una amistat cordial. Es trobaven al cafè i berenaven xocolata calenta amb melindros, i ramblejaven plegades empenyent els cotxets.

D'aquí van passar a quedar els dissabtes i diumenges per fer l'aperitiu, mentre les àvies s'encarregaven de les criatures. També en un dels bars de moda de la Rambla. Europa, crec que es deia. Així va ser com els dos matrimonis van iniciar la seva amistat. Una amistat que es va anar forjant a cop d'aperitius, dinars, sopars i esdeveniments diversos, com ara anar a la plaça de toros després de missa o a escoltar sardanes a la plaça de l'Ajuntament, també després de missa.

L'estiu que la meva mare va fer els dos anys i que naixia la seva germana petita, la tieta Dolors, la Lolita, que moriria al cap de només complerts els tres, pobreta Lola, les dues famílies van decidir passar les vacances d'estiu plegades a la parcel·la que els Teixidó tenien a Ferran, a segona línia de mar. Era una casa colonial, amb una porxada sostinguda amb quatre columnes pintades de blanc, amb els capitells de color blau aiguamarina, com el vestit que duia l'Eulàlia el dia que va entrar per primer cop a la barreteria. La tanca, la formaven un exèrcit de xiprers.

Un mur de pedra amb una porta de ferro forjat t'indicava l'entrada al jardí principal. Al bell mig, una morera enorme que coronava amb la seva ombra fresca els dinars d'estiu. Darrere la casa, una pineda i un gronxador de fusta pelada per als nens. I una figuera enorme i enrevessada. La figuera que va sentenciar a mort la petita Lola per una mala relliscada. La que va sentenciar també a morir en vida la Pepita i el meu avi. I la meva mare, a una nostàlgia permanent que no sabia gaire bé d'on li venia. Era massa petita per guardar-ne un record, però prou conscient per tenir-ne un esbós borrós en alguna part de la memòria.

La mort de la petita Lola va marcar el llindar d'aquells anys feliços. Les dues famílies es van distanciar. I també es van distanciar els meus avis l'un de l'altre. No suportaven mirar-se i veure la tragèdia, l'un en els ulls de l'altra, ni l'altra en els ulls de l'un. La Pepita va tornar a la barreteria, però aquest cop de portes endins. Es va recloure a la rebotiga de l'únic lloc on havia estat feliç. Les olors, els colors i el dringar de la campaneta de la porta cada cop que entrava o en sortia una clienta la mantenien en una letargia del record que era el que la mantenia en vida. L'Eulàlia no va tornar a entrar-hi, a la botiga. Però sí el seu nom i cognoms, seguits del nom i cognoms del meu avi.

Maleït taulell, el taulell on havia imaginat l'Eulàlia nua, coberta de betes i del seu amor. Va ser el taulell des d'on es precipitaria al pou, d'on mai més no va poder sortir. Tant de bo s'hi hagués ofegat tot just caure-hi.

El taulell, altar de les xafarderies, safareig on tacar les vides dels altres. Va sonar la campaneta de la porta, seguit d'unes rialles, les de la bruixa que li va llançar el malefici acompanyades del seu seguici. La senyora Boqueres i les germanes Armengol. Totes d'ànima esmolada i llengua enverinada. Per allà on passaven hi creixia mala herba i podridura.

BRUIXA 1: Doncs sí, que et dic que és veritat, que jo mateixa els vaig veure passejant de bracet. Poc que s'ho devien pensar, que els podrien veure a Barcelona.

BRUIXA 2: Poc... Quina vergonya. I pobra Pepita.

BRUIXA 3: Xtt!! Que et sentirà!

BRUIXA 2: Però si diuen que ja no baixa. I, si hi fos, és massa endins per sentir-nos.

Mentida.

BRUIXA 2: I així què, de bracet?

BRUIXA 1: I entrant al Ritz. Pobra Pepita. El seu home amb la senyora Teixidó...

Bruixa 3: Tan amigues que eren, i mira! Ja es veia que tant anar plegats no podia acabar bé. Pobra. Primer la nena morta i ara això...

Bruixa 1: En fi, qui dia passa..., no?

Però la Pepita ni va poder empènyer, ni va poder passar. El dolor la va enfonsar a la butaca on jo la vaig conèixer, fent anar el peu al compàs de la seva depressió i submergint aquells ulls tristos en un record que ja no suportava recordar.

27

Fa dies que l'insomni se m'ha instal·lat en les nits. Ni llegir, ni mirar una sèrie, ni avançar feina... res m'ajuda. Quan arriba l'hora d'anar a dormir, que he anat variant estratègicament a base d'assaig i error, l'angoixa comença a remenar-me el pit. Em costa respirar. Les nits que tinc els bessons amb mi torno a ser com una mare lactant. El més mínim moviment o soroll m'aixeca les parpelles. Intento trobar un sentit biològic a aquest no poder dormir. Quan estava prenyada això era una preparació a les nits en vetlla que estaven per venir. Però ara, quin sentit té? M'aixeco del llit, agafo el mòbil i començo a divagar per les fotos de l'aparent felicitat dels altres. Tot i saber que no són veritat, que són simples projeccions dels seus desitjos, anhels maquillats, ben emmarcats amb quatre filtres i un *hashtag* encertat, en certa manera caic en el parany i em deixo afectar per aquelles felicitats *fake*, recompensades en forma de cor que la majoria posem per inèrcia i sense gairebé ni haver-nos-en adonat. Entro al perfil del Mau, repasso detall a detall les fotos del seu estudi, en recordo cada racó. De les vistes que ofereix, paisatge de múltiples orgasmes alliberadors. De l'anunci de la darrera exposició a què finalment he decidit anar. Un primeríssim pla d'ell mirant, mirant-me, amb intensitat. Sap perfectament que la seva imatge fa que vengui més quadres. No, no crec que l'insomni vingui d'aquí... o sí. L'exposició és d'aquí a dos dies. Em nego a pensar que això sigui la principal causa de les bosses als ulls que fa massa dies que arrossego. M'apunto al mòbil demanar hora per fer-me un tractament facial que em desinflami, per fora, però sobretot per dins. Vull estar radiant. Vull que vegi que estic radiant, *ergo* soc radiant. D'aquí a dues hores sonarà el despertador. Quina pèrdua de temps intentar dormir una mica més. Obro l'aplicació per fer ioga, un exercici que odio amb determinació, però pràctic per fer a casa sense fer soroll ni despertar ningú. Em preparo un cafè, una hora i els nens es llevaran. Aprofito que tinc temps i per evitar presses i crits els preparo la bossa, avui tenen esport. Em prometo que el proper dia ho faran ells. Santa innocència... saps que no serà així. La teva supervivència sovint passa per davant de marcar-los certs límits, tot i que saps que a la llarga te'n penediràs. Els preparo l'esmorzar. Com que tinc temps, avui he fet *pancakes*, un esmorzar reservat als diumenges i ocasions especials. Per què no regalar-los avui un matí especial? Es lleven i venen corrents a la cuina. «Mama, quina bona olor! *Pancakes!* Ets la millor mare del món!» M'omplen de petons. I jo per uns moments entro al regne de l'amor absolut i incondicional. A la recompensa del tot. Beneït amor infinit. Avui després d'esmorzar es faran el llit sense que els ho demani. I avui no hi haurà crits ni mals humors de camí a l'escola. I jo aniré a l'agència feliç, malgrat la falta de son i uns nervis que em roseguen.

Només arribar, coincidim amb el Víctor a l'ascensor. Ens esperen dotze pisos d'incomoditat, o això creia. «Bon dia, Dúnia», amb aquell mig somriure de comissura enfilada cap a la galta dreta però que no acaba de fer el cim. «Bon dia, Víctor.» Ens mirem. La nostàlgia ens atrapa uns segons, però l'alliberem en forma de rialles que des de fora poden semblar exagerades, o almenys això li ha semblat al becari, que no ha aixecat la vista de terra en tot el trajecte en què ens ha acompanyat.

—Dinem plegats?

—Dinem plegats, sí.

—A dos de dues al vestíbul.

—Fet.

Tant és qui ho ha demanat a qui. Des de la tornada d'aquell viatge a Nova York, per raons òbvies, la relació s'havia encartonat. Malgrat el plus de confiança que atorga anar-se'n al llit amb algú, hi havia un superàvit de cordialitat que fregava la incomoditat.

No sé tenir mala relació amb cap mena d'ex. No recordo ningú, absolutament ningú, amb qui hi hagi perdut el contacte del tot. Un cop t'has llepat i t'has menjat fins els racons més amagats, s'obre un portal que, almenys al meu entendre, et trasllada a una altra dimensió en relació amb aquella persona, de qui has estat posseïdora i per qui t'has deixat posseir. El sexe és l'encarnació de l'ànima. Li vaig sentir a dir a una amiga a l'adolescència. Anava molt fumada, però crec que la va encertar de ple.

Dinem en un italià a prop de la feina, a la Diagonal. Hi havíem dinat quan freqüentàvem els lavabos de minusvàlids. De fet, allà gairebé ens enxampen el director i la sotsdirectora d'un diari que té la seu molt a prop del restaurant. El Víctor no es podia contenir. Encara que estigués en públic, es treia les sabates i per sota la taula intentava furgar-me el cony amb el peu. A mi em semblava divertit, sempre que les estovalles ho camuflessin prou. Era excitant, ho havia arribat a fer en dinars-reunió. En aquest cas, però, les estovalles no eren prou llargues i vaig haver de picar-li els dits. Juraria que la sotsdirectora ho va veure tot. Des d'aleshores, sempre que hem coincidit, maleïda endogàmia del món de la publicitat i les relacions púbiques, m'ha mirat amb un somriure sorneguer.

No sé què ha fet que tot plegat s'hagi esvaït del tot, però tots dos ho agraïm. Ens adonem que som amics, bons amics. A ell li costa confiar segons quines coses, i amb mi pot estar prou relaxat per poder sentir-se confortable. És el que té haver-se llepat en el passat.

Han passat ben bé quatre anys, potser més i tot. La veritat és que ni ell ni jo no n'hem portat el compte.

Li explico que necessito dir-l'hi al Lluís. Que necessito desempallegar-me dels meus enganys. No vull ser vencedora en el rànquing de les nostres mentides. Vull deixar-lo en evidència perquè no li quedi més remei que acceptar que la va cagar, que em va fer mal, que es va equivocar, i molt, menyspreant-me com ho va fer. Perquè, insisteixo, mentir és el pitjor dels menyspreus. I jo no vull ser ningú menyspreable ni que menyspreï. Necessito un perdó sincer, que vingui de molt endins. No unes disculpes de diplomàtic, com qui dona la raó a un ximple. Perquè, després de la mentida, no hi ha res més menyspreable que la condescendència i el paternalisme. Ho he de fer. Per mi. He de moure fitxa per poder avançar. Netejar el camí de deixalles. «Víctor, encara que em diguis que no, ho faré. No t'estic demanant permís. Però vull que n'estiguis al cas, perquè t'aprecio.» D'alguna manera l'estimo.

Sé que aquesta nit podré dormir.

28

Fa més d'una hora que ha començat la inauguració de l'exposició del Mau. He arribat tard. Expressament. No vull que la meva arribada quedi diluïda entre benvingudes i felicitacions. Vull una entrada de vedet. Si pogués, duria un canó de llum que em seguís tota l'estona, unes plomes d'estruç tintades de rosa a l'esquena i mugroneres de lluentons. Avui em sento estranyament bé. Feia tant temps que no tenia aquesta sensació que puc dir que estic radiant. No m'he posat mugroneres ni plomes d'estruç, i és cert que no m'ha calgut cap canó de llum. M'he posat un vestit d'americana i pantalons de color fúcsia amb unes sabates de taló de color vermell que conjunta amb els meus llavis. Sota l'americana res, només uns sostenidors de blonda, vermells també. Sempre m'ha divertit incitar i provocar amb el meu vestuari. I només entrar ha quedat clar que no he deixat indiferent el Mau.

—Dúnia, que bé que hagis vingut!

—Mira, sí, al final m'ho he pogut muntar. Sento

arribar tard, però havia de tancar unes coses a l'agència —mentidera...—. Sempre saps l'hora que entres però mai quan acabes!

M'agafa les mans i m'observa de dalt a baix un segon i mig. L'he comptat.

—Estàs radiant!

—Ho sé, moltes gràcies! Però va, ha arribat el gran dia. Estàs content? Veig que no hi falta ningú! La feina que has fet és espectacular.

—Veus aquell d'allà? —m'assenyala mentre m'agafa per l'espatlla, com si em digués un secret—. Aquell és per a tu, li he posat un gomet vermell perquè sé que si no hauria volat. —El llenç fa metre i mig per metre i mig, hi ha dibuixada una sirena dormint sobre un llit, amb les finestres obertes—. A fora hi ha el mar, però no hi pot arribar. Està esgotada, perquè no troba el seu lloc. No sap si és més sirena que humana o més humana que sirena. I ha decidit descansar fins que ho descobreixi.

—Però no ho sabrà mai, pobreta. És sirena i prou.

—Doncs potser haurà d'aprendre a conviure amb la seva condició.

—És preciós, m'encanta.

Silenci, ens mirem. No tinc ganes de besar-lo, per primer cop.

—Vine, et vull presentar la...

—Em sap greu, he de marxar, només volia venir a felicitar-te, tu també estàs espectacular.

Un petó a la galta, el canó de llum s'encén. Marxo encara més radiant de com he arribat.

29

El Lluís ha vingut a portar els bessons a casa, que només entrar han baixat a casa els veïns a jugar a no sé quin joc de la Play. «Vols un cafè? Hauríem de parlar del calendari. Tinc un parell de viatges, ja ho saps, i hauríem de quadrar coses.» És cert que hem de quadrar coses. D'aquí a un mes marxo a Milà i passat Reis m'estaré una setmana a Budapest. Però el calendari només és l'avantsala de la Conversa. Necessito allisar el terreny, que llisqui. I, si pot ser, fer-l'hi relliscar.

Fa temps que el neguiteja oficialitzar la seva relació amb l'Estanterietes. Ho hauria fet abans, vol que els bessons la reubiquin i que, de l'amiga del papa, passi a ser la nòvia del Papa, «per poder fer coses junts», diu. Uf! Coïssor forta a les ferides. Però, entre una cosa i l'altra, hi ha hagut la mort d'una sirena. No fa ni dos mesos que la mare se'n va anar per tornar al mar.

Vaig a buscar l'agenda a l'escriptori de la meva habitació, la que havia estat la nostra. La inèrcia i la familiaritat fa que el Lluís m'hi acompanyi i acabem asseguts mirant ell el mòbil i jo l'agenda als peus del llit.

Aclarim el calendari. El veig cansat, fa dies que es baralla amb una campanya per a un partit polític i no se n'acaba de sortir. El veig feble. Quan estàvem junts m'estovava veure'l feble. Si hi havia res per discutir, algun retret a la vista, el passava per alt. Havia d'invertir l'energia en el seu benestar, que, al cap i a la fi, suposava que era el benestar de tots.

—Vols parlar de la teva nòvia?

—No ho sé, com tu vulguis...

Val a dir al seu favor —no n'esperava menys— que no m'ha pressionat gaire amb el tema, sobretot arran de la mort de la meva mare. Ha sabut calibrar la situació, donar-me suport i posar-se en segon pla.

—Ara ja en puc parlar, ja estic més forta. I tinc ganes de treure-m'ho de sobre, de tancar pantalles.

—Què vols que t'expliqui?

—No ho sé, eres tu qui en tenies la necessitat.

Jo també, però d'una altra mena.

—Bé, doncs...

No el deixo acabar, soc jo qui té més coses a dir.

—Necessito aclarir moltes coses, Lluís. Entendre moltes coses. Per poder avançar. —A part de deixar de compartir, casa, llit, cotxe, pàrquing i hipoteca—.

Quan em vas dir que marxaves, em vas dir que era per estar sol, necessitaves transitar sol. I al cap de res ja estaves amb ella. És per ella, que m'has deixat?

—No. És cert que volia est... Havia estat empalmant relacions tota la vida, una rere l'altra...

—I t'has adonat que no en saps, d'estar sol. Perquè et va faltar temps.

Per buscar-se una nova aduladora, una nova infermera del seu ego desmesurat.

—Sí, tens raó. No en sé. I què?

—Saps per què em va fer tant mal saber-ho? No és aquesta relació en particular. Recordes que em vas dir «em sap greu que t'afectin les meves relacions»? No m'afecta aquesta relació, m'afecten totes les altres. M'és igual, aquesta noia. Però saber-te amb ella em remet directament a tot el mal que m'has fet. A totes les altres.

—Això a què ve, ara? Ara ja tant és, el que vam fer.

—Per mi no, jo necessito saber-ho. A part de la Ru, hi va haver algú més? N'eren més oi?

Mira a terra i calla.

—Digues! No era l'única, oi? Oi?

—No! Però quina importància té, això, ara?

—Molta, Lluís! Potser ara no estaríem així! T'adones que no em vas donar opció? Jo et preguntava i tu em deies que no, i jo confiava, i et creia. Em vas tenir atrapada, sense poder triar si m'hi volia quedar o no. Per què vas voler que ens caséssim, que intentéssim tenir més fills?

—Perquè t'estimava.

—I una merda!

—Dúnia, no hi eres! Has estat freda.

—I això t'és aval suficient per mentir-me?

—T'he demanat disculpes mil cops.

—Lluís, no m'has trepitjat un peu, ni has trencat cap got.

—En canvi, tu mai, mai, has mostrat ni gota de... no sé, culpa, penediment, per la teva fredor.

—T'estaves follant no sé quantes ties! Jo vaig tenir la meva història, sí! Però es va acabar, perquè, malgrat tot, volia sostenir el que teníem.

—Qui era, Dúnia? No m'ho has volgut dir mai. Tampoc no t'ho he preguntat. Però ja que hi som...

—El Víctor.

—Quin Víc...

Se li glaça la respiració. Silenci.

—Sí, el Víctor. Quin Víctor vols que sigui? No sé, va durar el que va durar. Però, què cony faig excusant-me? No em vull sentir malament. No em miris així. No tens cap dret a retreure'm res ni a fer-me sentir culpable. Ho veus? Per això sí que et demano disculpes, ara. Ho sento, em sap greu si et fereix. Cou, oi?

—Dilluns deixaré l'agència.

—Va, no siguis dramàtic. Li vaig dir que t'ho diria.

—Què?! Amb quina cara vols que entri al despatx, dilluns?

—Oh, disculpi'm si sent un xic d'humiliació. Al final acaba passant, ja ho veuràs.

—Perdona, perdona...

—Passem pàgina, hòstia! Tots dos ho necessitem. Pel Víctor no t'hi amoïnis, només vam follar uns quants cops.

—L'estimaves?

—Sí. Durant un temps sí que crec que el vaig estimar. O creia que n'estava enamorada, no ho sé. Em sembla que era més una necessitat mútua de sentir que existíem d'una manera especial per a algú altre.

—L'eròtica del poder...

—No ho sé. Sí, potser va ser això. Però sempre vaig tenir clar que no volia canviar la meva vida per ell. La nostra vida. Per això ho vaig acabar i te'n vaig fer coneixedor. —Intenta interrompre'm, però ni crec que tingui realment res consistent a dir ni jo li dono espai per fer-ho—. Les cartes sobre la taula. Sí, ara passes un mal moment, però te'n sortiràs. Ostres, Lluís, que tu no ets de tirar la tovallola. No deixis l'agència per això, eh? Què ets? Un home del romanticisme dels que es baten a duel pel seu honor? Oi que no? En certa manera ara estem en paus. Podem seguir endavant. Què? Què penses? Digues alguna cosa.

—No ho sé, és massa informació de cop.

—Massa veritat, vols dir, oi? Una cosa t'he de dir, però. Ja no confio en tu. Fa molt que vaig deixar de fer-ho. Si vols que seguim sent això que som, que estem intentant ser, t'hauràs de guanyar la meva confiança altra vegada. Ja no em crec res del que em diguis. Ets un mentider i, amb mi, has de deixar de ser-ho. No vull més menyspreu.

Camina amunt i avall del dormitori. Els dormitoris, temples de l'amor, de l'odi, de reconciliacions i trencaments. No és casualitat que n'haguem parlat allà, molt millor que en un territori neutral. Tots dos necessitem sentir-nos protegits. Portes enfora ara ja no ho és, el seu dormitori. Però és curiós que davant seu encara no he estat capaç de dir «la meva habitació». Potser a partir d'avui ja sí, que ho serà. Crec que, o almenys jo, hem aconseguit tallar el cordó umbilical que ens feia ensopegar cada cop que intentàvem avançar.

—Ja seguirem parlant, sé que has de pair moltes coses.

L'acompanyo al rebedor. El noto tens i fràgil. M'entendreix quan el veig tan petit. Vull seguir sent la seva infermera, però ara ja no toca. Tot i això, no puc evitar abraçar-lo. I, en l'abraçada, el dic de contenció rebenta. Entre sanglots per fi pronuncia les paraules que tants anys he necessitat sentir, i que potser si les hagués dit abans ara no seríem aquí. Això no ho sabrem mai. «Dúnia, ho sento, em sap tan greu haver-te fet tant de mal. Ho sento, ho sento... No suporto la persona que soc, ho sento molt.» Aquestes paraules són com una mena d'encanteri de fada madrina. Totes les teranyines, la brutícia, la foscor, es transformen en llum, en un espai de colors pastel i d'olors de talc i sàndal. El tacte de l'aire no punxa, és suau, i els pulmons s'omplen sense que les nafres se'n ressentin.

Aquesta nit sí, definitivament aquesta nit podré dormir.

30

Tinc el vol cap a Milà a les 13:45. He tingut temps de dur els nens a l'escola. Avui és divendres i fan una excursió a l'Observatori Fabra que els fa molt pal, però que després ells i el seu pare me l'explicaran en una videotrucada i em diran que han flipat, que és la millor excursió que han fet mai. Que mama, hi hem d'anar un dia de nit, que mola molt. Ho farem, els dic. I sí, ho farem. Per darrere veig l'Estanterietes, que em saluda des de la cuina. És un menjador amb cuina oberta, el que abans en dèiem americana. Ja fa un parell de mesos que s'ha traslladat a casa del Lluís. Quan els va explicar que tenia nòvia, els nens van rebre la notícia amb força indiferència. I això que quan ens vam separar, almenys a mi, em van dir, mama, si mai tens un nòvio, que sàpigues que no ens agradarà. Com si haguessin fet una reunió prèvia de germans per establir uns estatuts sobre com aniria la seva vida d'ara en endavant, i que aquest en fos el punt número u. Potser és un estatut que només m'afecta a mi. Les mares són dels nens o els nens de les mares? Com anava, això? En tot cas, em ressona a una reminiscència ancestral testosterònica i territorial. La meva mare no la toca ningú que no siguem nosaltres o el nostre pare. Perquè millor que ell no hi ha ningú. Ningú. És insubstituïble! I la mare és nostra, que et quedi clar. No ho oblidis mai!

A Milà m'hi estaré cinc dies, hi rodem l'anunci d'un cotxe elèctric que es llança a la primavera. És un SUV. Ara s'han inventat això per barrejar un monovolum amb una mena de tot terreny, ideal per fer escapades a la Cerdanya o agafar el ferri de Menorca. A la primavera és quan la gent canvia més de cotxe, per poder presumir-ne a l'estiu i omplir converses de sobretaula amb gintònics i algun puret. Mentre elles van a fer un tomb a les botiguetes del port, que hi ha una noia que fa unes bosses amb tela de farcell moníssimes i les pots conjuntar amb unes espardenyes de set vetes i cunya. «Monada!»

Arribo a l'hotel a quarts de sis. Ja és fosc i fa fred, però el Navigli sempre està preciós. Sempre ho ha estat. El Víctor ja hi és, ha agafat el vol a primera hora del matí. M'envia un missatge. M'espera per fer l'aperitiu en una terrassa al costat mateix de l'hotel, al mateix canal. Hi ha estufes de butà i mantetes perquè puguis gaudir d'estar a l'exterior sense acabar amb una hipotèrmia. Ell es pren un Splitz. No entenc com ha pogut posar-se de moda a Barcelona, mira que el trobo dolent i vulgar. Jo em demano una copa de vi blanc i em serveixen un malvasia boníssim. Per sopar demanarem un riesling. És com una tradició. Ho vam fer el primer cop, i el ritual s'ha mantingut. És la primera vegada que ens veiem ja oficialment com a examants. I estic contenta que ara puguem gaudir l'un de l'altra sense haver de pensar si acabarem al llit o no. Ell sembla que encara albira certa esperança, però de seguida m'ho faig venir bé per cantar-li les excel·lències del meu present, de l'alliberació que m'ha suposat el divorci, això de posar les cartes sobre la taula, desengabiar les veritats. Que he anat tancant carpetes i ferides. I que, ara per ara, surto d'un bon centrifugat i m'he d'estendre, eixugar i desar amb cura, almenys per un temps, al calaix de les peces delicades.

Fem una passejada fins a arribar al Naviglio Grande. És el poc Milà que veurem aquests dies, a part de la Piazza del Duomo, on rodarem l'espot. Li demano al Víctor que entrem a una botiga de roba de segona mà que hi ha al canal. Visita obligada sempre que passo per la ciutat. Hi tenen peces precioses dels anys vint i trenta, en perfecte estat. Allà és on em vaig comprar el meu vestit de casament. El de la festa que vam fer a la nit. Un viso preciós de color os, amb uns brodats fets a mà a les mànigues. Senzill i preciós. A sota m'hi vaig posar uns texans de pota d'elefant al més pur estil Woodstock. Mentre remeno entre els penjadors, entren un grup de noies que deuen rondar la trentena acabada d'estrenar. Parlen català, sembla que són actrius i fem allò que fem els catalans quan ens trobem arreu. Ens expliquen que són al Piccolo Teatro fent una tragèdia grega, *Le Baccanti*. Les han contractat perquè la subvenció europea que rep el teatre els obliga a tenir actrius espanyoles i franceses per poder dur a terme el projecte pagat per la Comunitat Europea. Estan eufòriques, exultants. Ens conviden a veure la funció. Hi acceptem encantats. És la reposició d'un muntatge que ja havien fet anys enrere al Piccolo, aquest cop dirigit per un dels assistents del ja difunt Luca Ronconi, reconegut per la seva misogínia, o això ens expliquen les joves actrius amb qui sopem en una *trattoria* quan sortim del teatre. Quin gaudi la seva joventut, l'energia i la il·lusió que desprenen. Ens expliquen amb aquell poc pudor i sinceritat de la immaduresa que s'han enrotllat una amb el tècnic de llums, l'altra amb un dels actors joves de la companyia —amb qui mantindrà una relació de gairebé dos anys fins que ell l'enganyi amb una actriu més jove que ara és alumna de l'escola del Piccolo. Ells tot això encara no ho saben—, i l'altra li està fotent les banyes al nòvio de Barcelona amb un dels ajudants de direcció que resultarà que també li fot les banyes a la seva nòvia, que és de València. No faran més de tres quiquis mal comptats. Ell té un micropenis i massa sentiment de culpa, mala combinació. N'hi ha una altra que diu que no, que no s'ha enrotllat amb ningú, però totes dissimulen que saben que s'ho fa amb el cap de premsa del teatre. Aquesta experiència milanesa les unirà per sempre i, vint anys després, encara es trobaran per fer sopars, dinars, explicar-se els secrets, parlar de fills, amors, desamors, i pensaran mil projectes conjunts que mai no es duran a terme però que les faran somiar, de nou, plegades.

Després del sopar ens acomiadem. Elles van a la festa a casa del protagonista de la funció, Massimo Popolizzo, que celebra que ja ha acabat la rehabilitació després del darrer ingrés per ingesta de calmants i alcohol. Ara sí, ara se n'ha sortit. I ho vol celebrar amb la companyia. Al Víctor i a mi ens tempta molt la idea, però encara ens queden un parell de dies de feina grossa. Val més que no ens allarguem.

Decidim fer la darrera al bar de l'hotel. Potser és el primer cop —sí, ho és— que, tot i no necessitar-ho, perquè aquí no ens hauríem d'amagar de res, que ni ell s'aixeca per anar al lavabo de minusvàlids ni jo m'espero, sense poder acabar-los, els cinc minuts pactats. I riem de tot plegat. Un petó a la galta i bona nit.

Els dos dies que segueixen la feina ens absorbeix, rodatges de catorze i quinze hores sense parar. Les inclemències climatològiques ens fan aturar la gravació més d'un cop. Putos realitzadors de publicitat, directors frustrats assedegats de calés i cocaïna... «No volies neu?» «No, és que en cau massa...» Santa paciència! Finalment acabem. «*Grazie a tutti, abbiamo finito! Ci vediamo stasera a la festa di finale di shooting! Grazie!*» Hem acabat que eren ja quarts de nou del matí, rodatge nocturn. El darrer pla havia de ser amb la llum de l'alba, a la Piazza del Duomo, un muntatge d'unes dimensions importants. *Non vedo* l'hora d'arribar a l'hotel i fondre'm amb el matalàs. Ara em prendria un consomé i al llit. Ho faré. «*Dúnia, oggi non vi accompagna io a l'albergo*», diu el *runner* que ens ha acompanyat tota la setmana. «*Oggi vi accompagnerà una ragazza nuova. Aglaia! Vieni! Porta la signora Dúnia e il signor Víctor a l'albergo. Ci vediamo stasera! Vi raccomando!*» A partir del moment que m'ha arribat el nom Aglaia he de dir que no he sentit res més. No l'havia tornat a sentir mai, aquest nom. I són incomptables els cops que he anat a rodar pel món, i a Itàlia en concret. Tornar a escoltar aquest nom m'ha inundat amb una sensació de llibertat i desig. Així, per separat. Desig i llibertat de color blau turquesa. Com una revelació, m'adono que aquell va ser el darrer cop, potser l'únic?, que em vaig sentir d'aquesta manera. T'imagines que fos ella? No, no vius en una pel·lícula americana. Però, beneït tòpic, la realitat supera la ficció, i torno a veure aquell caminar de *tomboy*. El mateix cabell curt, ara el duu blanc, i li queda molt bé, li ressalta la mirada marina, el somriure amb dents blanques a dins d'aquells llavis molsuts. «*Buon giorno, ragazzi!*» Se n'està, de protocols, i això m'encanta. Al Víctor crec que no tant, arrufa el nas. És clar que ella sí que deu haver conegut més Dúnies que fan que jo quedi diluïda en un record homogeni. O això sembla. Tinc la sensació que no em reconeix. Jo no soc capaç de dir-li res. Me'n moro de ganes, però hi ha el Víctor, i estem cansats, i el trajecte fins a l'hotel no dona per recopilar i resumir vint anys de vida. Ens deixa a l'entrada.

—*Buona sera! Ai! Bon giorno, grazie! Non so a che hora vivo* —intento semblar desenfadada, però crec que supuro tensió per tot arreu.

—Au, bon dia, me'n vaig a clapar. *Grazie, grazie.* Dinem plegats?

—Sí, sí, ens truquem. Descansa!

—Igualment.

I el Víctor s'esmuny cap a l'hotel. Jo em disposo a fer el mateix. Les cames em fan figa i no segueixen les ordres que el meu cervell els dona. Per sort, la que va ser la meva llar fugaç m'atura.

—Dúnia! Sei tu, vero? Dúnia, di Sardegna. Insomma, di Barcelona...

Sí, sí, soc jo! M'has reconegut. No m'ho puc creure! T'ho pots creure? Creus en el destí i aquestes merdes? Em sembla que jo, a partir d'ara, hi vull creure. No, no, el destí no existeix. És més meravellós així. Ens hem tornat a trobar, així com així, entre set mil milions d'opcions que hi havia, ens hem tornat a trobar.

—*Aglaia?* —Encara en sé, de dissimular—. *Non ci posso credere!* —dic de la manera més casual possible, com si m'hagués retrobat amb una amiga amb qui vam anar de colònies a l'adolescència—. *Come stai? Ma, come mai?*

—Come mai faccio il runner? É una storia lunga. Ti pare un caffè? Se non stai molto stanca. No, riposati. Scusa...

—No, no! Certo! Mi piace tantissimo, adesso, un caffè. Con te. Ce tempo per riposare...

I així ho faré. Ho farem. Anirem a fer un cafè, que en seran dos. Farem la *colazione* juntes, i s'allargarà fins a l'hora de dinar. M'explicarà que va estar treballant d'arqueòloga durant quinze anys, però, entre les crisis econòmiques i arran de la pesta bubònica del 2.0, els fons es van desplomar i va haver de buscar-se la vida, i deixar l'arqueologia. També li venia de gust fer un canvi. Amb aquesta nova feina viatja molt, però també li permet estades llargues a Sicília, on s'ha acabat instal·lant. Ha tingut una parella, Fiammetta, una mestra d'institut que al final es va enrotllar amb una alumna, cosa que va fer acabar amb la relació. Tenen una filla de tretze anys, l'Alma. Amb els mateixos ulls turqueses que ella.

—*E così bella, come te...*

—*Posso accompagnarti a l'albergo. Anch'io sono stanca.*

—*Lo scontrino, prego!* —Passo la targeta pel datàfon, sortim al carrer. Hi fa fred, però no el notem—. *Guarda!* —Exhalo vapor com una nena petita que fa veure que fuma.

—*Posso?*

I abans que pugui dir res, s'empassa el meu vapor, i el meu desig. Ens empassem l'una a l'altra fins que arribem al cotxe.

—*Che bello, ritrovarti.*

—Que bonic, sí...

—Musica?

—Dai!

I a la ràdio han decidit que ara soni «Take on me».

Epíleg

Heus aquí una habitació. A l'habitació hi ha una porta i una finestra. Per la finestra es veu el mar i, de lluny, un poblet de costa. Podria ser Itàlia, Croàcia, Grècia, la Costa Daurada o l'Empordà. Qualsevol poble costaner que reposi a la Mediterrània, tèbia i calmada. Al llit estant —perquè a l'habitació hi ha un llit, i una tauleta de nit—, una sirena. Està esgotada, no sap de què. No recorda res. Com hi ha arribat, aquí? Qui l'hi ha deixat? Sí que pot sentir el cansament, però. La pell encara salada. Els cabells encartonats, i la cua... oh, la cua! Se li comença a escatar. Malgrat tot, un benestar l'envaeix. Mai havia sentit tan silenci, acostumada al soroll del mar. Perquè el silenci del mar és sorollós, el brogit de les onades, els motors dels vaixells. I els bancs de peixos. Les que més soroll fan són les sardines i les tonyines. És normal, pobretes, viuen fugint de les xarxes i els arpons. Les entén, perquè ella sempre ha viscut amb la por al cos de ser descoberta pels que condueixen els vaixells. Bé, al mig cos, perquè de la cua se'n pot dir cos, també? Se'n parla, del cos dels peixos? Tot això fins ara no s'ho havia plantejat. Tota la vida convivint-hi i mai ningú li ha explicat res. Ni ha pensat tan sols a demanar-los-hi. En canvi, els dofins sí que parlen de cos. Potser perquè, com ella, també son mamífers? De fet, són més mamífers que ella. Ara hi cau. Ha vist mil cops, fins i tot ha ajudat assistint-lo, algun part de dofí. Però mai, mai, no ha assistit cap part de sirena. Potser perquè les sirenes no pareixen? El forat que té a la cua és massa petit... Deu ser això, ha de ser això. Les sirenes ponen ous, segur. Però ho fan fora del mar o dins de l'aigua? Potser fan com les tortugues. Ha de ser així, sí, perquè la majoria de les seves germanes i amigues fan l'aniversari pels volts de l'estiu si fa no fa. O, si més no, no coneix ningú del desembre o de l'abril, per exemple.

Torna a mirar per la finestra. El mar és prou lluny, però el veu igual o més immens. No ha pogut arrossegar-se fins aquí. Les cases del poblet són massa petites. Com quan les mira des de divuit milles de la costa, quan treu el cap per respirar. Perquè, si s'està massa hores sota l'aigua, es pot ofegar. Però si s'està massa estona fora de l'aigua, perquè ha reptat fins a unes roques, també sent com un ofec. I la pell comença a tibar-li i la cua se li va assecant, i ha d'anar amb cura, perquè el sol directe massa estona li pot fer clivelles que després amb la sal couen i fan mal.

Ara se sent una mica així, malgrat aquesta sensació de benestar acabada d'estrenar. Que agradable aquest llit que no sap que és un llit. Quina bona olor, que diferent. És dolça. Ho sap perquè no havia ensumat mai res de dolç. Ve dels llençols. Que suaus i tebis els llençols blancs que no sap que són llençols. Els havia vist de lluny, estesos a les cases petites. Petites perquè les veia de lluny. Pensava que eren ocells que reposaven sobre els fils cap per avall i no podien volar.

Comença a sentir l'ofec d'estar massa estona fora de l'aigua. Com pot saltar del llit? Veu una porta, hi vol arribar. No sap que és una porta, perquè no n'ha vist mai cap abans, però l'instint li duu la mà al pany, que, accionant-lo cap avall, fa que la porta s'obri. Què és aquest recipient tan estrany? És blanc i està fred, com el terra. Això és el que necessita, la frescor d'aquesta superfície. De la paret en surt una branca de plata per on cauen gotes d'aigua! Entra en el que no sap que és una banyera, i posa la cua sota la branca que deixa anar gotes. A sobre la branca hi ha el que semblen dues flors, també platejades, i una té un puntet del color del corall i l'altra del color del mar i del cel. Se'n refia més de la de color del mar i del cel. Mou la flor girant-la cap a l'esquerra i, oh!, quina alegria! En surt aigua! De la branca en surt aigua! Se sent alleujada, la cua recupera els colors tornassolats. Mai l'havia vist tan descolorida. La pell també se li havia anat empal·lidint.

Li agrada, aquest lloc. Sent un plaer estrany, però també un enyor a la vegada. Vol i dol. De fet, com hi ha anat a parar de cop ha quedat en un segon pla. Ara importa més la fi que els mitjans.

Tants cops que havia anhelat arribar fins a les casetes petites. Però ho tenia del tot prohibit. Corria que, qui hi havia anat, mai no havia tornat. Li passaria el mateix, a ella? Potser no era cert que les que ho havien intentat havien mort, potser havien trobat la manera de sobreviure allà fora. Cert que viure dins del mar tampoc era un allau d'avantatges, però era el que coneixia fins aleshores i s'hi conformava. I ara? Ara la situació ha fet un gir total. Com deu ser, viure fora de l'aigua? Tampoc no es pot quedar sempre dins del recipient blanc en remull, se li entumiria la cua, i a la llarga els braços i l'esquena també. La panxa li comença a demanar menjar, els budells ressonen de fa estona. Ves a saber les hores que fa que no menja. Beu aigua de l'aixeta que no sap que és una aixeta. Aquesta aigua és diferent, no li crema el coll quan se l'empassa. Surt de la banyera deixant tot un reguerol que la segueix fins que arriba a l'habitació. S'acosta a la finestra, a baix hi ha tot de gent sense cua, com els que condueixen les barques i segresten les sardines i les tonyines. Creia que vivien en les barques, però s'adona que no, que també viuen sota la finestra des d'on mira. Els seus cossos no tenen una cua com la seva. Es desplacen sobre una mena de braços més llargs que acaben en unes mans més grans, que la majoria porten folrats com si els haguessin posat dins el cos d'un calamar. Una tristesa i una desil·lusió l'envaeixen. No està preparada per viure en el món de fora del mar. Desitjaria haver nascut dofí o fins i tot tonyina o sardina. O estrella de mar. Però no sirena. Ha nascut en un cos empresonat que no és ni del tot per viure dins del mar ni per viure-hi a fora. No és del tot peix ni del tot humana. Potser hauria estat millor néixer amb cap de peix i cames de persona, així no s'hauria hagut de plantejar mai cap d'aquestes coses. Hauria viscut en la felicitat de la buidor, en la felicitat de la ignorància, com fins ara. Vol descobrir tot el que hi ha per descobrir, però sap que no és possible. La mel a la boca. La tristesa es torna profunda i dolorosa. Se'n torna al llit i tanca els ulls a l'espera que la veritat l'engoleixi.

Agraïments

Al Pep, per existir i fer la meva vida cada dia més brillant.

A la Lolita, per fer que cregués en mi. A les companyes del Viver de dimecres, Llanos, Gemma, Bego, Ascen, Elvira, Espe, les dues Maries i la Nayat, per llegir-me, per llegir-nos.

A la Mariona i la Montse, que sempre hi sou. A la Marta Bayarri i la Marta Buchaca, per instal·lar-vos a la meva vida en el moment precís. A la Carme Pla, per esperonar-me.

A la Ceci. Sempre hi seràs.

A l'Elsa Casadevall, per un matí d'assessoria i confidències.

A la Mireia i la Lara, més enllà de Mas Molines.

A la Gemma, per regalar-me aquesta portada. A la resta de *las amigas de Peter*.

A les Súper Quaranta, que, malgrat els anys, encara ens diem bon dia cada dia.

A les Calamaras.

A les Baccanti.

Al meu estimat *amico* Francesco.

A l'Aleix, amic estimat.

A ma *chérie* Anne Valérie.

A la Paloma, *amiga mía*, i el Shean, per la seva generositat i ajudar-me a remuntar.

A la Nené, per assessorar-me i deixar que li enviï missatges que la mamà ja no podrà llegir.

A la Noemí. Perquè malgrat que no ens ho diem, ens estimem.

Al Xevi, papa, també t'estimo.

A l'Ernest, per creure en mi, i a la Laia, per acompanyar-me. I a la Núria i al Marc. Gràcies.

I al Roger, per seguir reinventant-nos. Ho aconseguirem.

Aquest llibre es va acabar d'imprimir
als tallers de Romanyà Valls,
a Capellades (Barcelona),
el març de 2023,
mes en què va néixer una sirena
i, amb ella, la primavera.
I, també, el seu enamorat.